AF202807

Tucholsky Wagner Zola Scott Sydow Freud Schlegel

Turgenev Wallace Fonatne

Twain Walther von der Vogelweide Fouqué Friedrich II. von Preußen

Weber Freiligrath Frey

Fechner Fichte Weiße Rose von Fallersleben Kant Ernst Richthofen Frommel

Engels Fielding Hölderlin

Fehrs Faber Flaubert Eichendorff Tacitus Dumas

Feuerbach Maximilian I. von Habsburg Fock Eliasberg Zweig Ebner Eschenbach

Ewald Eliot Vergil

Goethe London

Elisabeth von Österreich

Mendelssohn Balzac Shakespeare Dostojewski Ganghofer

Trackl Lichtenberg Rathenau Doyle Gjellerup

Stevenson Hambruch

Mommsen Tolstoi Lenz Hanrieder Droste-Hülshoff

Thoma

Dach von Arnim Hägele Hauff Humboldt

Verne

Reuter Rousseau Hagen Hauptmann Gautier

Karrillon Garschin

Defoe Baudelaire

Damaschke Hebbel

Descartes

Hegel Kussmaul Herder

Wolfram von Eschenbach Dickens Schopenhauer Rilke George

Darwin Melville Grimm Jerome

Bronner Campe Horváth Aristoteles Bebel Proust

Bismarck Vigny Barlach Voltaire Federer Herodot

Gengenbach Heine

Storm Casanova Tersteegen Grillparzer Georgy

Lessing Gilm

Chamberlain Langbein

Brentano Gryphius

Strachwitz Claudius Schiller Lafontaine

Katharina II. von Rußland Kralik Iffland Sokrates

Bellamy Schilling

Gerstäcker Raabe Gibbon Tschechow

Löns Hesse Hoffmann Gogol Wilde Gleim Vulpius

Luther Heym Hofmannsthal Klee Hölty Morgenstern

Roth Heyse Klopstock Goedicke

Luxemburg Puschkin Homer Kleist

La Roche Horaz Mörike Musil

Machiavelli Kierkegaard Kraft Kraus

Navarra Aurel Musset

Nestroy Marie de France Lamprecht Kind Kirchhoff Hugo Moltke

Laotse Ipsen Liebknecht

Nietzsche Nansen Ringelnatz

Marx Lassalle Gorki Klett

von Ossietzky Leibniz

May vom Stein Lawrence Irving

Petalozzi Knigge

Platon Pückler Michelangelo Kock Kafka

Sachs Poe Liebermann Korolenko

de Sade Praetorius Mistral Zetkin

Der Verlag tredition aus Hamburg veröffentlicht in der Reihe TREDITION CLASSICS Werke aus mehr als zwei Jahrtausenden. Diese waren zu einem Großteil vergriffen oder nur noch antiquarisch erhältlich.

Symbolfigur für TREDITION CLASSICS ist Johannes Gutenberg (1400 — 1468), der Erfinder des Buchdrucks mit Metalllettern und der Druckerpresse.

Mit der Buchreihe TREDITION CLASSICS verfolgt tredition das Ziel, tausende Klassiker der Weltliteratur verschiedener Sprachen wieder als gedruckte Bücher aufzulegen – und das weltweit!

Die Buchreihe dient zur Bewahrung der Literatur und Förderung der Kultur. Sie trägt so dazu bei, dass viele tausend Werke nicht in Vergessenheit geraten.

Der arme Stephan

Adolf Schöll

Impressum

Autor: Adolf Schöll
Umschlagkonzept: toepferschumann, Berlin

Verlag: tredition GmbH, Hamburg
ISBN: 978-3-8495-3205-5
Printed in Germany

Rechtlicher Hinweis:
Alle Werke sind nach unserem besten Wissen gemeinfrei und unterliegen damit nicht mehr dem Urheberrecht.

Ziel der TREDITION CLASSICS ist es, tausende deutsch- und fremdsprachige Klassiker wieder in Buchform verfügbar zu machen. Die Werke wurden eingescannt und digitalisiert. Dadurch können etwaige Fehler nicht komplett ausgeschlossen werden. Unsere Kooperationspartner und wir von tredition versuchen, die Werke bestmöglich zu bearbeiten. Sollten Sie trotzdem einen Fehler finden, bitten wir diesen zu entschuldigen. Die Rechtschreibung der Originalausgabe wurde unverändert übernommen. Daher können sich hinsichtlich der Schreibweise Widersprüche zu der heutigen Rechtschreibung ergeben.

Text der Originalausgabe

Adolf Schöll

Der arme Stephan

Die rauchige Schwertfeger- und Schuhflickergasse meiner Vaterstadt lag wie in einem Hohlweg, fast unterirdisch zu nennen, krumm und eng unter den hohen, breiten Straßen der Hauptstadt, so daß viele über ihr hinfuhren und gingen, die nichts von ihr sahen und wußten, und hinwieder die armen Leute, die in ihr wohnten, beinahe ganz abgeschieden von den übrigen Städtern lebten.

Von dem Gerassel und Lärmen der großen Stadt vernahm man wenig in dieser Kluft, und das wenige wurde noch vom Klopfen und Hämmern der Schmiede übertönt. Über den alten, baufälligen Hütten lag ein beständiges Halbdunkel, und nur an hellen Sommermittagen fielen an einzelnen Stellen von dem Gewimmel der höher liegenden Straßen flüchtige Schatten zwischen die lodernde Flamme der Feueressen.

Am Samstag abends aber da hörten diese früher auf zu zischen und zu sprühen, der Hammerschlag ruhte, und die rußigen Gestalten zogen sich aus der Werkstatt in die Stuben zurück; wenige einzelne gingen auch wohl hinauf in die Stadt, während die Weiber Fenster und Böden scheuerten und die Kinder in den Schlupfwinkeln und Bügeln der Hohlgasse ihre Spiele trieben.

In solcher Feierstunde saß Stephan auf einem alten Balken vor des Nachbars Haus, und am andern Ende des Balkens, halb gegen ihn gewandt, Nachbars Sabine. Jedes hatte seinen von vielem Gebrauch beschmutzten Katechismus in Händen, und sie lernten gar eifrig.

Nur einmal griff Stephan unter dem Lesen in seine Tasche, holte ein Stück Schwarzbrot heraus und hielt es Sabinen hin, doch ohne ein Wort zu sprechen oder nur die Augen vom Buch abzuwenden. Sie nahm es mit einem kurzen »Dank!« und aß es langsam, während ihre Lippen sich leise fortbewegten und die Augen gleichfalls fest aufs Buch geheftet blieben.

Endlich klappte Stephan seinen Katechismus zu, wandte sich herum und fragte: »Kannst du jetzt deinen Spruch, oder soll ich dir ihn lernen helfen?«

»Ich kann ihn schon«, antwortete Sabine, die sogleich nach ihm wie im Takte ihr Büchlein zusammengeschlagen hatte.

»Gut«, sagte Stephan, während sie näher zusammenrückten, »so können wir doch noch etwas plaudern.«

»Ach ja, du erzählst mir, wie du mit deinem Vater in das Dorf durch den langen Wald gegangen bist und den wunderlichen Mann gesehen hast.«

»Aber das hab ich dir ja schon so oft erzählt.«

»Ich möcht es doch wieder hören, ich bitte dich.«

»Nun, wie der Vater noch gearbeitet hat und auf die Dörfer hinausgegangen ist, den Bauern die Schuhe zu flicken, da hat er mich auch einmal mitgenommen, und wir sind in aller Früh fortgegangen. In der Stadt war's noch ganz finster und stille, und wie wir über den Berg gingen, wehte ein kühler Wind.

Dann mußten wir lang an einem Wald hingehen, bis wir endlich über eine Brücke kamen.«

»Aber vorher«, fiel Sabine ein, »kommt ja der Wasserfall.«

»Nu sieh, du weißt es ja schon«, fuhr Stephan fort. »Es war aber wirklich ganz seltsam, weil wir den Bach so rauschen hörten und doch in der Finsternis nichts sahen.

Da gehen wir in den Wald hinein und immer hinein, da war's vollends ganz Nacht, und oben in den Bäumen blies der Wind.

Auf einmal sagt der Vater: ›Ich weiß nicht mehr, wo ich bin, wir sind irr.‹

Mir ward's bang; kein lebendiger Mensch, der uns den Weg hätte zeigen können; nur manchmal pfiff ein Vogel; der Vater lief aber immer voraus.

Endlich wird's doch ein klein wenig heller, und die Sonne kommt zuweilen etwas durchs Gebüsch; auch wurden die Vögel immer lauter. Wie's Morgen wird, kommen wir auf einen Platz, ganz mit Moos bedeckt, voll Hügel und Bäume drauf, und das Gebüsch drunten war wie feurig, weil die Sonne aufging.

Nun mußten wir bald durch ein dickes Gesträuch, und da ist wieder so ein Platz und ein schöner Felsen, ganz rot vom Frühlicht; auf der einen Seite fließt eine Quelle laut heraus über die Baumwurzeln hin, auf der andern Seite ist eine Höhle, von vielem hellem, grünem Gras bewachsen, drin war's aber noch dunkel.

Vor der Höhle saß ein Mann im Gras, mit weißem Mantel, schneeweißem Haar und schneeweißem, langem Bart; hinter ihm stand ein glänzender Spiegel aufgestellt und noch viele andere Sachen, die ich nicht mehr weiß; in seinem Schoß hatte er ein großes Buch, darin er las.

Der Vater fragte ihn nach dem Wege, und ich zog die Mütze ab, er deutete aber nur stumm mit der Hand und sah uns nicht nach. ›Das ist auch so ein finsterer Waldbruder‹, sagte der Vater. Mir sah er aber nicht finster aus, denn er hatte ein helles blaues Auge, und ich war gern länger dort geblieben.«

»Und dann kamt ihr hinunter ins Dorf?« fragte Sabine.

»Ja.«

»Und den möchtest du gerne wiedersehen?«

»Ich möchte es wohl wünschen!«

»Geh, ich würde mich fürchten«, sagte sie und duckte sich zusammen.

Indessen war es dunkel geworden, und im Zwinger fingen einzelne Lichter an durch die trüben Fenster zu scheinen, von der Stadt her aber war nur das einzige kleine Licht von der hohen Turmstube sichtbar.

»Ich mag noch nicht ins Haus«, begann Sabine wieder; »wir wollen jetzt, wie neulich, einander sagen, was wir uns wünschen.«

»Ich mag auch noch nicht hinein«, sagte Stephan, »denn der Vater lärmt und schreit wieder so, und die Mutter weint, weil sie fürchtet, der Viertelsrichter werde kommen und sein Geld fordern. Ach, sonst, da wünscht ich mir freilich, ein Waldbruder zu werden und wohl gar –«

»Und ich« – fiel Sabine ein – »ich möchte einmal Kammerjungfer bei einer Prinzessin werden. Da kam ich ins Schloß und sähe die schönen Stuben und die Königin und den König und hätte schöne Kleider und könnte ausfahren.«

»Ach, von dem allen möcht ich nichts«, seufzte Stephan; »aber sieh, dort kommt wieder der alte Christoph mit seinem Stelzfuß; wenn ich den sich so nach Hause schleppen sehe oder wenn ich bei dem Studenten da oben bin, der so viele Bücher liest und so schön erzählen kann, und seh ihm den Hunger im Gesicht an, oder wenn die steinalte Wäscherin da drüben immer von ihrem Sohn spricht, auf den sie gehofft hat in ihrem Alter und der nicht aus dem Kriege zurückgekommen ist, und ich komme nach Hause und deine und meine Mutter jammern zusammen – oh, da wünsch ich nur eines:

Ich möchte recht, recht reich sein und allen armen Leuten helfen können!«

»Ja, was hilft das«, sagte Sabine, »wer einmal das Weltglück nicht hat –«

»So sagt der Vater auch«, erwiderte Stephan, »aber manchmal glaub ich doch, man sollte nur an einem Wunsch recht hängen und danach ganz sich richten, so könnte es doch geschehen. Ich hab es auch dem Studenten gesagt; aber der schüttelte freilich den Kopf, und das Wasser trat ihm in die Augen. Hörst du ihn? Da bläst er wieder auf der Flöte und vertreibt sich den Hunger. Aber ich habe ja mein Brot noch nicht gegessen; ich will's ihm nur schnell bringen.«

»Du hast es ja mir gegeben, lieber Stephan«, erinnerte ihn Sabine, während er in der Tasche suchte, »und du bist freilich gut und gäbst alles her, weil du weißt, was Armut ist; wärest du aber reich, so wärst du wohl auch anders.«

»Oh, wenn ich ein König wäre«, rief Stephan; »das wäre meine einzige Freude, wenn ich allen Armen helfen könnte!«

»Stephan!« rief die Mutter unter der Türe. »Du sollst hereinkommen und ins Bett gehen.« Traurig gingen die Kinder auseinander.

»Laß einmal das Klagen, Weib!« schrie in der Stube der Schuhflicker Anton. »Mach's wie ich, kümmre dich nichts drum! Hab ich Geld, so bin ich lustig, hab ich keins, so bin ich durstig! Und der

Viertelsrichter soll nur kommen bei meiner Ehr, ich stoß ihm meinen Pfriemen in den Leib. Dann nimmt sich hoffentlich die Justiz die Mühe, die ich mir sonst selber geben muß, mich nämlich aufzuhängen. Ich hab's ja schon lange gewünscht, daß er mir endlich einmal mein Handwerkszeug verkaufe. Denn solang ich das noch habe, hab ich noch Aussichten, solang man aber noch Aussichten hat, zappelt man noch. Nun wird er mir – hoff ich – bald den Schemel unter den Füßen wegziehen, der Viertelsrichter; und dann ist's recht, daß zuerst die durstige Kehle, die doch an allem schuld ist, für immer zufriedengestellt wird. – Und darüber solltet ihr froh sein! Denn mein Leib ist ein rares Stück und eine sonderbare Komposition; namentlich der Magen, von Natur sehr wohl eingerichtet, mit Anspruch auf sechs Schüsseln und einige Nachtische und Kraftschlücke. Alle Morgen geht er in die Welt wie ein Bräutigam aus seiner Kammer; aber die Not flickt ihm einen großen Rüster auf, da sitzt er nun in meiner kläglichen Figur wie ein Riese, den man in einen engen Kasten hineingezwängt hat. Darum, wenn ich euch dieses Hungertuch zurückgelassen habe, werden die Gelehrten und Doktoren darüber herfallen wie die Raubvögel. Ihr müßt mich aber hochhalten, und der Meistbietende soll mich tranchieren dürfen. Das wird ein Reißen sein wie um Kaiser Carolus' Reichsapfel. Dann ist euch geholfen und mir auch.«

Indessen hatte sich Stephans ältere Schwester in taubem Schmerz aufs harte Lager gelegt und die Mutter die trübe Lampe gelöscht. Aber das kleine Hannchen kam zitternd zu Stephan und flüsterte ihm ins Ohr: »Mich hungert's so.«

»Oh, warte nur bis morgen, ich hole dir gleich in der Früh ein Brot«, tröstete sie der Bruder und hob sie neben sich aufs Bett.

»Jetzt hab ich mich müde geschrien«, sagte der Vater, indem er sich auf den Strohsack warf; »jetzt werd ich doch vielleicht schlafen können.«

Wie es nun ganz öd und still geworden war in der finstern Kammer, die Geschwister im Schlaf ruhig atmeten und endlich auch das Schluchzen der Mutter aufgehört hatte, nur das Schnarchen des Vaters die Stille unterbrach, da faltete Stephan seine Hände und betete: »O du lieber, reicher Gott, hilf einem armen Kinde und zeige mir eine Rettung aus dem Jammer. Laß mich den einzigen Armen auf der ganzen Welt sein; an den andern, o himmlischer Vater, laß mich ein Werkzeug deiner Barmherzigkeit werden!«

Da drückte der Schlummer ihm sanft die Augen zu, und wie er in die Ruhe des tröstenden Schlafes überging, war ihm, als stünde der Waldbruder neben ihm und schaute ihn mit einem freundlichen Blick an.

Ein schöner Sommerabend lag im himmelblauen Sonntagskleid über der Stadt, als von der hohen Domkirche die Vesperglocken tönten mit gewaltigem Klang und feierlichem Ruf.

Da wandelten durch die stilleren Straßen die Mädchen in weißen Kleidern und die Chorknaben, die Ratsherren der Stadt und die Alten; und reich und arm nahmen die hohen, gotischen Kirchenpforten mit weitgeöffneten Armen auf in ihre ernsten Hallen, welche abwechselnd von der Chormusik und heiliger Stille und flüsternden Gebeten erfüllt wurden.

Unter der Menge, die mit heiligem Frieden den lauten Tag schließen wollte, ging auch Stephan bleich und traurig. Denn in des Vaters Haus war der Viertelsrichter gekommen und hatte gedroht, wenn am Montagabend nicht die Steuer und sein Anlehen bezahlt sei, so werde er ohne weitere Geduld und Nachsicht des Schuhflickers Anton Handwerkszeug und ärmliche Habe verkaufen.

Aber noch besänftigte den Schmerz in der Kindesseele ein frommes Vertrauen, und so kniete er hinter eine Säule mit stillem Beten.

Als die Orgel verklungen und der Gottesdienst vollendet war und in der Dämmerung die Leute auseinandergingen und ihre Häuser suchten, stand Stephan vor der Kirche in einer Ecke, stumm an ein steinern Bild gelehnt, und sah den verschiedenen Gestalten nach, wie sie in Haufen vom breiten Platz in die Straßen sich zerstreuten.

Da kam eine kleine Schar Knaben aus einer Gasse, die eifrig etwas zu verabreden schienen und an der Kirche mit andern zusammentrafen.

Es waren Schulkameraden von Stephan, und als ihn einer erblickte, riefen sie ihn auch herzu, mitzukommen.

»Heute will ich ihn euch zeigen«, sagte der Größte; »aber daß keiner ein Wort redet, und dann laufen wir, was wir nur können.«

Bange Neugier und eine ängstlich-frohe Erwartung war in den gespannten Mienen und unruhigen Bewegungen der Knaben zu lesen. Mit wenigen, undeutlichen Reden eilten sie durch viele Straßen, und Stephan zog, ohne zu fragen, unter ihnen hin. Sie kamen endlich bis in die hintersten, engen Gassen. Nachdem sie von hier durch Höfe und Gräben und Zwinger gekrochen waren, gelangten sie an die uralte, hohe, von gewaltig festen Steinen erbaute Stadtmauer.

Hier schlüpften sie durch eine Schießscharte in einen großen finstern Turm. Jetzt zog der Anführer eine Kerze hervor, schlug Feuer, und als ihr schwaches Licht allmählich die schwarzen Wände zu erhellen begann, sahen sie sich vor einer halbverfallenen Treppe.

Der Führer betrat diese, ein Knabe hielt sich am andern, und so kletterten sie auf, bis sie eine kleine Türe in einen Gang einließ, wo ihre leisen Fußtritte wie ein schauerliches Stöhnen von den Mauern widerhallten.

Der Gang war sehr lang und wurde immer enger, und mühsam wanden sie sich durch seine Krümmungen. Einige Stufen führten sie wieder abwärts durch mehrere offene Türen. Als sie an die letzte kamen, die zugemacht war, gebot ihnen der Anführer mit ängstlich-strenger Miene, daß keiner einen Laut von sich gebe. Dann öffnete er die Türe, und sie stiegen leise eine steile, hölzerne Treppe mit vielen Absätzen hinan.

Noch einmal legte ihnen, als sie endlich oben waren, ihr Vortreter Stillschweigen auf, setzte hierauf sein Licht auf die Erde unweit einer kleinen Türe und winkte nun den Nächsten herzu.

Leise und ängstlich schob er den Deckel vom Schlüsselloch weg, und kaum hineingeblickt, fuhr er zurück und flüsterte fast unhörbar: »Ja, er sitzt wirklich drinnen.«

Da drängte sich von den Knaben einer nach dem andern herzu, und die stummen Gebärden derer, die hineingesehen hatten, drückten bald Entsetzen, bald Verwunderung und heimliche Freude aus.

Auch Stephan blickte hinein, da war ein großer, weißer Saal, nur halb im Licht, halb beschattet. Am Ende desselben hing eine große Lampe herab, aus deren kristallheller Schale die feinsten Purpurstrahlen wie rote Lichtfäden auf einen großen Tisch hinspielten, an welchem vor einem langen Buche und mit dem Rücken gegen die Tür gekehrt ein großer Mann saß.

Das ist der Waldbruder, sagte Stephan freudig erschrocken in seinem Herzen. Es war dasselbe weiße, faltenreiche Gewand, es waren die großen, silbernen Locken, welche die Schultern bedeckten, wie er sie an jenem Morgen im Walde gesehen hatte. Auch das Buch schien ihm ähnlich, an dem der hohe Mann unausgesetzt fortschrieb und nur von Zeit zu Zeit seine lange Feder in einen großen Becher mit goldheller Tinte eintauchte.

Tief ergriffen konnte Stephan nicht ablassen, durchs Schlüsselloch zu sehen, und wünschte nur, um ihn völlig zu erkennen, auch die Augen des Schreibenden zu schauen, als er plötzlich von einem Geräusch, gleich als rückte der Alte seinen Stuhl, erschreckt wurde.

Der anführende Knabe ergriff in verwirrter Bestürzung das Licht so hastig, daß es erlosch, und mit ihm polterten die andern in schreckenvoller Flucht, einige mit lautem Angstgeschrei, die Treppe hinunter, und Stephan hörte ihre eiligen Fußtritte und bangen Stimmen den langen Gang hinab in vielfachem Echo widerhallen.

Da stand er zitternd, beinahe hätte er es wagen mögen hineinzugehen; aber seine Bangigkeit, sich allein nicht mehr aus den alten Mauern finden zu können, wurde doch von der Furcht, drinnen etwas Unheimliches zu erfahren, überwogen, und er entschloß sich, den Knaben, von welchen er schon nichts mehr hören konnte, zu folgen. Glücklich kam er die hölzerne Treppe hinunter und drang auch nach einigem Suchen durch die offenen Türen in den Gang.

Hier zwängte er sich mit Mühe durch die engen Windungen und tappte angstvoll in der dicken Finsternis herum; als er aber bei einigem Vorwärtsschreiten die Erweiterung des Ganges bemerkte und sich freier fühlte, beschleunigte er seine Schritte; endlich lief er geradezu, und plötzlich stürzte er die steinerne Turmtreppe hinab.

Zum Glück hatte er sich, außer einigen harten Stößen und einer leichten Verwundung der Hand, nicht beschädigt.

Aber nun brauchte es lange Zeit, bis er die Schießscharte fand, durch die er mit seinen entflohenen Kameraden eingeschlüpft war. Vergebens rief er nach diesen, sie waren nach Hause zerstreut. Endlich fand er die Öffnung, nachdem er einen Stein, den noch ein Knabe vorgeschoben haben mochte, hinausgestoßen hatte.

Wie erleichtert fühlte er sich, als er draußen auf dem freien Rasen stand und die Mauern, die schon das Mondlicht erhellte, hinter sich sah. Freudig erhob er seinen Blick zu dem Nachthimmel, der ihm mit seinen blinkenden Sternen eröffnet war, und zuerst konnte er nur mit Grauen daran denken, daß es ihm gedroht habe, in dem unheimlichen Gebäude, das ernst und grau, vom Mondschein gebleicht und in schauerlichem Schweigen dastand, übernachten zu müssen.

Aber gerade jetzt, da er sich daraus befreit sah, wenn er den Saal mit seinem lieblichen Licht und den wunderlichen Alten sich vorstellte, glaubte er, unrecht getan zu haben, daß er es nicht gewagt hatte, hineinzugehen und den hohen Greis anzureden, schon so nahe daran, den seltsamen Mann kennenzulernen, welchen er sich nur freundlich denken konnte und der ihm schon seit jenem Morgen im Walde in sein inneres Leben gedrungen dünkte.

War er nicht erst gestern im Schlafe bei mir? fragte er sich in unbestimmter Erinnerung. Oh, er ist gewiß besser, ist mehr als die andern Menschen; darum lebt er so für sich allein. Er muß wohl auch ein mächtiges Wesen sein, das mir vielleicht helfen möchte.

Zugleich mit diesen Gedanken regte sich in Stephan der Entschluß, wieder einmal in diese Hallen und Gemächer einzukehren. Während er deshalb sorgfältig Gang und Treppen in sein Gedächtnis zurückrief, hatte er fast unbewußt durch einen Haufen Steine sich vor der Schießscharte ein Kennzeichen gemacht.

Da er nun aber aufblickte und nah und fern aus der Stadt tausend hohe und niedere Lichter von den umdunkelten Häusern ihm entgegenblitzten, dachte er erschreckend an die Angst, welche die Seinigen um ihn empfunden haben möchten; und er strengte sich nun doppelt an, durch die Straßen zu rennen und die rechte Richtung nach Hause zu gewinnen.

Er fand sich näher an seinem Zwinger, als er geglaubt hatte, indem er bald einige Durchhäuser erkannte, die ihn zu demselben führten. Während er um die erste Ecke seiner Gasse ging, hörte er schon den Vater mit wilder Stimme singen:

>»Herr Bruder, waren's nicht goldene Zeiten,
>Da wir miteinander ins Feld täten reiten?
>Jetzt bist du ein Schneider, ein Schuster ich,
>Jetzt lebst du mager, ich kümmerlich.
>Herr Bruder, wir wollen nicht länger hier bleiben.
>Ich will meine Ahle den Erben verschreiben.
>Vermach du dein Bügeleisen der Stadt,
>Du hängst dich an Faden und ich mich an Draht.«

»Ach, Vater«, seufzte er, indem er einige langsamere Schritte tat, um Atem zu holen, »wie kann's besser werden, wenn du böse Gedanken hast!«

Da rief ihn plötzlich seine älteste Schwester an, die aus einem Winkel ihm entgegenlief. Mit großer Freude, ihn gefunden zu haben, erzählte sie ihm fast atemlos, daß sie ihn lange schon überall, zuerst bei Nachbars, beim Studenten, bei der Wäscherin und dann in der halben Stadt, gesucht habe.

Indessen waren sie zu ihrer Hütte gekommen, und der Vater, der sein Lied wiederholt hatte, sagte zur Mutter: »Gönn mir doch, Weib, diese Erholung in meinen Freistunden, besonders gegenwärtig, wo mein ganzer Tag nur eine Freistunde ist. Und für den Buben ist mir's gar nicht bange. Ja, wenn er in einer so guten Mästung säße, daß der Tod denken müßte: Der kommt gar nicht, wenn ich ihn nicht selbst hole, und ich will das fette Bißchen nur eintun, eh der Speck abnimmt – so aber kann der Tod ruhig warten, bis ihm der Hunger – – Nu, siehst du! Da ist er ja! – Höre, Junge«, wandte er sich zu Stephan, indem er ihn zwischen seine Knie zog und bei beiden Schultern anfaßte – »weißt du wohl, daß jetzt ein rechter Vater eine wohlzusammengesetzte Amtsmiene annehmen und ein langes Examen halten würde, ein hochnotpeinliches Halsgericht und zum Abschluß mit prompter Justiz den Urteilsspruch mit höchsteigener Hand vollziehen würde, höchstens mit Hilfe eines Stockes. Oho, fürchte dich nur nicht! Verstehst du, das tut ein rechter Vater, ein solcher, der seinem Sohn mittags auch ein Stück Fleisch auf den Teller legt – da, iß es mit Verstand! – der, wenn er seinen geschonten Pekesch ablegt, dem Sohn ein Christwams davon machen läßt; ein rechter Vater, sag ich, der seinen Sohn auch in eine Lehre bringt und schon ein Jahr vorher mit einem Dutzend Meistern spricht. Sieh, ein solcher, der den Branntwein nie hat ausstehen können und höchstens am Sonntag ein Gläschen Wein trinkt, der würde nun für dein Heil mit etlichen Bastionen besorgt sein – aber ich (hier vermochte Anton – sosehr ihm sonst sein gewohntes Lächeln, auch wo sein Herz am wenigsten davon wußte, zu Gebot stand – den bittern Zug, der ihm die Lippen zusammenpreßte, nicht mehr zu unterdrücken), aber ich«, rief er, »ein Lump, ein Säufer, ein Rabenvater.« – Er ließ den Sohn los, und matt sanken seine Arme herab.

Laut weinend warf sich Stephan in seinen Arm. »Geh, geh«, sagte Anton und drückte ihn sanft von sich. Auch die Mutter brach in Tränen aus: »O Mann«, schluchzte sie, »Gott kann ja doch noch helfen!«

»Das hoffe nicht, Hanne«, sagte Anton mit gebrochner Stimme. »Ich muß zugrunde gehen, und ich zieh euch mit hinein. Ich hab's wohl vorausgesehen. Der Mensch macht einen Fehler, und dann ist's geschehen. Ich hätt nie heiraten sollen. Von dem Tag an, da ich den Säbel aus der Hand legte und das elende Schusterwerk ergriff, das ich nie recht verstanden habe, weil ich davon weggelaufen bin zu den Soldaten, von dem Tag an war's nichts mehr mit mir. Solang ich Soldat war, hab ich gelebt, seither verderb ich. Wie oft haben mir die Kugeln um die Ohren gepfiffen: Hat sich keine die Müh nehmen können, mir in den Hals zu fahren? Das wäre mir Gnade, wenn ich gleich im Kartätschenfeuer zusammengeschmettert würde! – Und wenn ich erst hin bin, dann kann euch vielleicht geholfen werden.«

Hier fing er an zu pfeifen. Die Mutter betete auswendig – weil das Licht ausgegangen war – den Abendsegen, – er machte nur das Fenster auf und pfiff leiser fort. »Geht zu Bette«, sagte er dann und brummte die Melodie seines alten Liedes vor sich hin.

Als sich Stephan an die Seite des schlummernden Hannchens gelegt hatte, fing seine ältere Schwester neben ihm leise an: »Ach, du weißt noch gar nicht, Stephan, wie's uns geht. Wir werden nicht mehr lange hier bleiben. Nach der Abendkirche ist der Viertelsrichter wiedergekommen und hat gesagt, weil die Leute in unserer Gasse fast lauter liederliches Gesindel seien, das der Stadt zur Last fällt, so werden alle, die ihre Steuer nicht bezahlen können, zusammengepackt werden, und man wird uns nach den neuerfundenen Inseln schicken, von denen uns der Student erzählt hat. Die Häuser wird man niederreißen und eine Kaserne bauen. Nachbars müssen auch fort, und wir kommen auf die andere wüste Insel. Das war dir ein Jammern. Der alte Christoph und zwei Schmiedgesellen haben auf den Viertelsrichter und die Obrigkeit geschimpft und sind eingesperrt. – Mir ist alles einerlei.«

»Auf die wilden Inseln!« sagte Stephan. »Oh, leg dich jetzt nur ruhig schlafen. Gestern hast du nicht an so was denken können, und morgen kommt es vielleicht wieder ganz anders.«

Die Schwester erwiderte nichts; denn ganz ermattet lag sie schon in der ersten Betäubung des Schlummers.

So warf auf bleiche Bilder der Not durch die niedern Fenster der Mond seinen kärglichen Schimmer.

Stephan konnte die ganze Nacht kein Auge zutun. Entsetzlich war ihm der Gedanke, seine Heimat und die ärmliche Hütte, an die sein wenig frohes Jugendleben geknüpft war, verlassen zu müssen, zu scheiden von den Freunden, die gleiche Not ihm lieb gemacht hatte, und ein trauriges Schicksal zu erwarten in unbekannten Gegenden, die ihm Unerfahrenheit und jugendliche Einbildung schrecklich ausmalte. Besonders unerträglich schien es ihm, von seiner Gespielin Sabine sich zu trennen, die ihm immer vertraut, mit der er von Kindheit an alles geteilt hatte, die oft, wenn sie mit dem offenen schwarzen Auge an seinem Blick hing und seinen Reden kindlich horchte, ihn Schmerz und Hunger vergessen gemacht hatte. Immer aber drängte sich unter diese Betrachtungen die Vorstellung dessen, was er an dem vergangenen Abend so wunderbar zufällig erfahren hatte; und je größer ihm seine Not erschien, um so erhabener stellte sich das Bild des weißen Mannes ihm vor Augen.

Ja, er soll alles wissen, sprach er endlich entschlossen zu sich selbst, er steht mir so fest im Sinne, daß es mir leicht sein wird, ihm zu vertrauen. Ich will bei ihm Hilfe suchen.

Noch war es Nacht, als Stephan, von solcher Unruhe und Hoffnung getrieben, leise sein Bett verließ und in der Küche nach dem Feuerzeug suchte. Dies fand er bald, aber nach langem Herumgreifen erst war ihm ein kleines Stück Kerze aus einem alten Topf in die Hand gefallen.

Nun schlich er sich getrost aus dem Hause und durch die Straßen, worin der erblassende Mondschein mit der ersten Morgendämmerung kämpfte. Eh er sich's recht versah, stand er schon in dem alten Turm und bemühte sich, sein Licht anzuzünden. Als ihm dies gelungen war und er eben die steinerne Treppe hinaufkletterte, konnte er sich kaum einer schweren Bangigkeit erwehren, da er so allein seine eigenen Tritte im öden Gang vernahm. Er überwand seine Beklommenheit, öffnete die Treppentür und nahm allen seinen Mut zusammen.

Doch zitterte er so, als er oben an den Eingang kam, daß ihm sein kleines Licht entfiel und verlosch. Jetzt griff er ans Schloß, zog aber die Hand wieder zurück, schob erst den Deckel vom Schlüsselloch und sah hinein.

Die feinen Strahlen der Lampe zückten ihm wieder entgegen, der Saal war aber leer und still; das große Pergamentbuch lag auf dem Tisch; doch soweit ihm der beschränkte Raum des Schlüssellochs den Einblick gestattete, war nirgends der weiße Mann zu sehen.

Traurig und schüchtern zugleich trat er nun ein. Seinem unentschlossenen, fragenden Blick boten sich nur leere Wände dar, außer daß seltsame Zeichen an der Decke eine Weile ihn festhielten. Wie er eben diese betrachtete, war ihm, als würde eine Türe geöffnet; da er aber beim Umblicken nichts gewahrte, hielt er es für einen Ton der von ihm offengelassenen Eingangstüre.

Als er so eine Zeitlang noch unentschieden dastand, glaubte er eine ganz feine Stimme zu hören. Er fuhr zusammen; es war still und nichts zu sehen. Nach einem Augenblick begann es wieder: »Erlauben Sie!« und gleich darauf noch einmal: »Erlauben Sie doch gütigst!«

Er blickte auf: »Ist hier jemand?« fragte er ängstlich und halblaut und suchte umsonst in allen Ecken nach einem Wesen für diese Stimme.

»Belieben Sie doch nur gefälligst hierher zu sehen!« tönte es lauter. »I du meine Güte, hier, ganz hier!« wiederholte dieselbe Stimme. Es ward ihm ganz unheimlich, und da er immer noch niemanden erschauen konnte, dagegen auf einmal ein Krabbeln an seinem Fuße verspürte, wollte er fliehen, stolperte aber über das Krabbelnde und fiel auf den Boden.

Hier wand sich unter ihm äußerst behende ein kleines Zwerglein hervor, dessen krauses graues Haar und graues Bärtchen wunderlich gegen die regen bläulichen Äuglein und das kindische Gesicht abstach. Indem es sich ungemein freundlich gebärdete und aufstehend ihn mit Lächeln anblickte, wobei sein geöffneter Mund eine Reihe perlenweißer Zähnchen blicken ließ, sagte es: »Ach, ich bitte doch tausendmal um Vergebung; ich würde unendlich bedauern, wenn mein Bester sollte einen Schaden gelitten haben. Ich habe zwar zu keiner Zeit eine so unproportionierte Größe, wie (nehmen Sie es doch nicht übel) bei den Menschen mir dies der Fall zu sein scheint; aber freilich vor Sonnenaufgang bin ich doch fast gar zu klein. Wenn aber Verehrtester die Güte haben wollten, sich noch so lange zu verweilen, so würden Sie sich vielleicht überzeugen, daß ich bei Tage eine ganz angemessene Größe besitze und auch sonst, vielleicht in betreff des Verstandes und der guten Sitten, mich rühmen dürfte, einige Ähnlichkeit mit den in allweg zu bewundernden Menschen zu haben.«

»Ach!« begann Stephan, fast sprachlos vor Erstaunen, »ach lieber –«

»Pipi«, fiel das Zwerglein ein, »belieben Sie Ihren gehorsamen Diener nur Pipi zu nennen!«

»Ach, lieber Herr Pipi«, faßte sich nun Stephan, »ich bin ganz betroffen und überrascht. Ich wollte es eigentlich wagen, den ehrwürdigen Mann aufzusuchen, der gestern hier war.«

»Meinen lieben, hochverehrten Herrn – ja, er weiß davon.«

»Er weiß davon?« fragte Stephan erstaunt und gegen das Zwerglein gebückt, das eben anfing ein wenig zu wachsen.

»Jawohl, was weiß der nicht!« erwiderte dieses, indem es sich auf die Zehen stellte und zierlich agierte. »Er ist aber diese Nacht ausgegangen und hat mir aufgetragen, Sie, mein Bester, höflichst zu empfangen und Ihnen einige von den kleinen Seltenheiten, die wir besitzen, zu zeigen und, wenn sie Ihnen gefallen, zu erklären, auch zu beliebigem Gebrauch zu überlassen.«

»Oh, lieber Gott«, seufzte Stephan, »ich bin blutarm, ich kann nichts kaufen.«

»Ach, nicht doch, nicht doch, mein wertester Herr«, sagte Pipi mit seitwärts gebogenem Hälschen und freundlich blinzelnd, »nicht zum Kauf, nur zu gefälligem Gebrauch für einige Zeit. Mein Herr hat – verzeihen Sie eine sehr gute Meinung von Ihnen, und auch mir würde es sehr leid tun, wenn Sie sich genieren sollten. Tun Sie doch ganz, als ob Sie zu Hause wären.«

Hiermit hüpfte er, schon wieder um etwas größer, in seltsamen Sprüngen nach einem Stuhl, welchen er, obgleich kaum mit seinem Kopf den Sitz desselben überragend, mit ungemeiner Leichtigkeit vor Stephan hinstellte.

»Ich werde gleich die Ehre haben, mit einem kleinen Frühstück, so gut wir's in unserer einsamen Haushaltung vermögen, aufzuwarten.«

Mit einem Kratzfuß verschwand er durch ein kleines Türchen in die Wand.

Noch hatte sich Stephan nicht von seiner Überraschung und seinem Erstaunen erholt, als der Zwerg durch das Türchen mit einem silbernen Krüglein und einer dunkelblauen leuchtenden Schale zurückkehrte.

Er hatte jetzt seine volle Größe, so daß er ungefähr an Stephans Lenden reichte, und nun wagte es dieser auch, ihn aufmerksamer zu betrachten. Sein blaues Samtkleid spielte um die beweglichen Glieder, und das frische Gesichtlein mit den aufgeworfenen Lippen und der gebogenen Nase hatte etwas Gutmütiges, Ansprechendes.

»Jetzt bin ich erst recht bei meinen Kräften«, hub er an, »und sehr erfreut, nach langer Einsamkeit einen so werten Gast bei mir zu haben.« Währenddem hatte er aus dem Krug einen goldhellen Trank in die glänzende Schale gegossen, kredenzte sie dem Stephan zierlich und sagte:»Nehmen Sie gefälligst vorlieb; es ist ein sehr heilsames Getränk, das nur mein Herr zu bereiten versteht, obgleich er es sehr mäßig genießet.«

Stephan trank; süß wie Honig und kräftig wie Wein rann es ihm die Kehle hinab, und er fühlte sich erwärmt und erfrischt zugleich; ja, es ergriff ihn ein fröhliches Vertrauen und eine belebende Munterkeit, wie er sie nie empfunden hatte.

Das Zwerglein sah ihm freundlich zu, und seine lächelnden Züge zeigten, wie sehr es ihm jeden Schluck gönne. »Jetzt, wenn es Ihnen beliebt«, fing er wieder an, zog einen kleinen, goldenen Hammer aus der Tasche und klopfte an die Wand, die einen hellen, vollen Klang von sich gab. Unter lieblichen, langsam ineinanderfließenden Tönen wich nun die weiße Wand zurück, und allmählich quollen aus ihr hervor faltenreiche Purpurvorhänge, die in ein duftiges Gemach blicken ließen, in welchem eine Menge seltsamen Geräts teils umherstand, teils an der bemalten Wand hing.

Als die Töne verklungen waren, ergriff das Zwerglein einen elfenbeinernen Stab und wies damit auf eine mit Zahlen bezeichnete Kugel, die in der rechten Hand eines alabasternen Engels ruhte, welcher am Eingang des Kabinetts stand.

»Hier steht«, sagte der kleine Cicerone, »eine Uhr, welche die guten und bösen Tage anzeigt, erstere mit dem goldenen, die bösen mit dem eisernen Zeiger. Ein astralisches Werk, welches der Großvater meines Herrn mit tiefem Studium verfertigt hat. Wollten Sie wohl gefälligst die rechte Hand des Genius fassen?«

Stephan tat es frisch, denn der Trank durchglühte ihn mit frohem Mut.

»O charmant«, rief das Zwerglein, »Sie haben heute einen glücklichen Tag! Morgen – ach, das tut mir leid, morgen schon nicht so; da will der eiserne Zeiger vorkommen.«

»Und übermorgen?« fragte Stephan.

»Verzeihen Sie – ich bedaure, nicht aufwarten zu können, aber die Uhr weist nur immer auf zwei Tage im voraus.

Dieses goldene Gefäß hier«, fuhr er fort und hob von einem hohen Becher den schön gearbeiteten Deckel, »enthält ein unscheinbares Wässerlein, welches aber die sonderbare, elementarische Kraft hat, wenn man etwas von dieser gelben Flüssigkeit mit Sonnenaufgang auf einem Gebirge ausgießt, eilends dahin zu laufen, wo es Gold gibt. Mein Herr selbst hat es in seiner Jugend bereitet.

Da sehen Sie ein Paar alte Schuhe«, erklärte er weiter, ohne die Verwunderung Stephans zu bemerken. »Sie sind abgenützt, allein wer dieselben anzieht, kann vermöge ihrer magischen Kraft zwanzig Meilen in einem Tage machen, ohne müde zu werden. Mein Herr hat sie einem alten Rosenkreuzer in einem Wettstreit ihrer geheimen Künste abgewonnen; und dieselben – Ei!« rief er plötzlich abbrechend, »haben Sie doch die Güte, Verehrtester, einige Töne auf dieser Orgel anzuschlagen.« – »Mein liebster Pipi«, sagte Stephan, »ich hätte zwar immer gern etwas Musik gelernt, aber mein Vater ist zu arm.«

»Ganz einerlei«, fiel das Zwerglein ein, »tun Sie mir's doch zu Gefallen.«

Stephan setzte seine Hände auf die elfenbeinernen Tasten, und sie gaben so melodische Klänge von sich, daß er unwillkürlich fortspielte.

Plötzlich hüpfte das Zwerglein auf, sprang ihm auf den Arm, umfaßte seinen Nacken und küßte mit Tränen in den Augen seine Wangen, indem es ausrief: »O schön herrlich! Nun kenn ich Sie, teurer Freund! Sie sind ein guter Mensch. Wissen Sie, daß im andern Fall das unter siderischen Einflüssen verfertigte Instrument nur Mißtöne von sich gegeben hätte.«

Er sprang wieder herab, und während er Stephans Hand noch festhielt, sagte er: »Ja, das hat die selige, liebe Gemahlin meines Herrn noch als Jungfrau gemacht und ihre Freier darauf probiert.«

»O mein Gott«, rief Stephan, »ich habe ja noch gar nichts Gutes getan!«

»Ei«, sagte das Männchen, freundlich den Kopf schüttelnd, »das Instrument betrügt sich nicht; erst in einem halben Säkulum verliert es seine gnostische Kraft.

Nun, mein Guter«, fuhr er fort, »hier sehen Sie einen Bogen von Löwensehnen mit straußfedernen Pfeilen. Wenn mit dieser magischen Waffe der schlechteste Schütze schießt, so trifft er unfehlbar.

Mein Herr hat sie einem bösen Zauberer nach hartem Kampf abgewonnen.«

»Und was ist denn das hier für ein schwarzer Stock?« fragte Stephan, der nun schon alles Verwundern aufgegeben hatte, weil er wohl sah, daß er sonst gar nicht zu sich selber kommen konnte.

»Ja«, war die Antwort, »mein Bester, das ist ein rares Stück, eine besondere Zierde unserer Sammlung, welche in längst vergangenen Zeiten ein habsüchtiger Zauberer mit Gefahr seines Lebens und tiefgeheimer Magie gemacht hat. Es hat nämlich dieser Stab die wunderliche, teils elementarische, teils magische Eigenschaft, daß wer immer ihn faßt, sowie er sich damit einem Hause nähert, die Gestalt desjenigen annimmt, welcher gerade der stärkste Gläubiger dessen ist, der in dem Hause wohnt. Weil nun bei der Ausarbeitung dieses Stocks auch gute Geister waren, so hat er noch die besondere Natur bekommen, daß er eine Strafrute der Geizhälse und Betrüger geworden ist. Denn wer mit demselben vor einen solchen schlechten Schuldner tritt, bekommt nicht nur, wie gesagt, das Aussehen seines Gläubigers, sondern es ergreift auch den bösen Schuldner eines solche Angst, die ihn zwingt, sein Geld auszuzahlen, wenn er am wenigsten will; und überdies hat er hinterher alles wieder vergessen. Der Träger des Stocks kann es auch gleich merken, welcher Art der Mann ist, zu welchem er gerade kommt. Denn ist es ein Wucherer oder Geiziger oder Dieb, der unter dem Zorn der astralischen Mächte steht, so poltert der Stab gleich beim Eintritt ins Haus so heftig auf den Boden und die Treppe, daß er in der Hand ganz schwer und dem Schuldner schon bange wird. Im umgekehrten Fall wird er ganz leicht.«

»Ach, du mein Himmel«, rief Stephan, »wenn ich diesen Stock hätte! Dann wäre meinen armen Eltern und dir, gute Sabine, und allen Nachbarn geholfen, und ich wäre am Ende doch nur ein Strafwerkzeug der guten Geister.«

»Es freut mich unendlich, mein Wertester«, kam ihm hier das Zwerglein mit größter Lebhaftigkeit entgegen, »daß Sie selbst mir die Gelegenheit bezeichnen, wie wir Ihnen gefällig werden können. Denn außerdem, daß mir der Auftrag meines Herrn, Sie nach Belieben von unsern mobilen Instrumenten Gebrauch machen zu lassen, gar fest im Gedächtnis ist, so hab ich auch – nehmen Sie's doch nicht übel – eine gewisse unwiderstehliche Neigung dermaßen zu Ihnen gefaßt, daß ich Sie inständigst bitte, mich für Ihren ergebensten Freund und Diener anzusehen. Sie können des Stocks heute den ganzen Tag sich bedienen, ohne daß seine Kraft nachließe. Nur entschuldigen Sie mich, wenn ich zwei Bedingungen mir erlaube, daß Sie fürs erste keinem Seelchen das Geheimnis verraten und zweitens morgen früh unter Ihrer Haustüre mich erwarten, um mich den magischen Stab wieder abholen zu lassen.«

Stephan drückte seine Rührung und Dankbarkeit über die unverdiente und unbegreifliche Gunst seines Herrn und Pipis selbst in den bewegtesten Worten aus und stellte ihm die Not der Seinigen mit all seiner Treuherzigkeit in einfachen Zügen dar.

»Ach, die Menschen! die Menschen!« rief das gute Zwerglein einmal über das andere, indem ihm die Tränen über die Backen liefen, »unter welch herrlichen Konstellationen stehen sie, in welchem Rapport mit den siderischen Mächten – und wie zerreißen sie alle diese Fäden und mauern sich in ein falsches Leben ein in ihren Städten und Häusern! – Doch, ja, ja. Eilen Sie, mein Wertester, nehmen Sie da den Stock – und gehen Sie keck damit in die Häuser der Selbstvergessenen. Sie werden Hilfe finden, Sie haben ja heute einen glücklichen Tag. So unbeschreiblich wert mir Ihre angenehme Gesellschaft wäre – so mag ich doch nicht so zudringlich sein, Sie ferner aufzuhalten.«

Stephan nahm entzückt den wunderbaren Stab seiner Hoffnung unter Versicherungen des Dankes und Versprechungen des Stillschweigens und der Rückgabe. Indessen hatte der Zwerg an einem jener roten Lampenstrahlen eine Kerze angezündet.

»Ich hoffe auf das Vergnügen eines baldigen Wiedersehens, mein Bester«, sagte er, »denn es wird mir fast ganz schwer, mich schon wieder von Ihnen zu trennen. Dann möchte es Ihnen vielleicht auch noch von einigem Interesse sein, unsere übrigen Seltenheiten genauer kennenzulernen.«

Währenddem öffnete er eine bisher von Stephan nicht bemerkte Türe des Saals, und dieser, der nun eine Treppe erwartet hatte, fand sich in einem dunklen Wald, der mit den mannigfaltigsten Blüten schimmerte und duftete und in welchem eine Menge Vögel aller Art und Größe in den verschiedensten Gruppen die Zweige erfüllten, hin und her flatterten und seltsame Stimmen hören ließen. Manches klang Stephan wie menschliche Rede.

»Aber – stille jetzt!« sagte der Zwerg. »Nachher will ich Schule halten.«

Der Lärm verstummte, und Stephans kleiner Führer schwebte mit seiner Fackel so eilig durch die dunkelgrünen Laubgänge, daß jenem keine Zeit zum Aufenthalt und zur Besinnung blieb.

An einer eisernen Türe machte endlich das Zwerglein halt, und während es die Fackel hoch emporhob, daß ihre Strahlen auf seine weinenden Augen fielen, sagte es: »Gehen Sie mit allen guten Geistern.«

»O Sie bester Freund!« rief Stephan, und siehe da – er stand auf der Straße am lichten Tag und konnte es nicht begreifen, wie die Milchmädchen so ganz gewöhnlich in die Häuser gingen, Mägde die Gassen fegten, die Perückenmacher und Barbiere in ihrem ordentlichen Geschäftstrab durch die Stadt liefen und alles so ganz alltäglich das gewohnte Wesen trieb; ja, hätte er nicht den Wunderstock in seinen beiden Händen gefunden, der ihn wie mit magnetischer Kraft weiterzog, er hätte alles für einen schönen Traum gehalten.

»Nun, Glück zu«, so sprach er sich selbst Mut ein und heftete einen vertrauensvollen Blick auf seine seltsame Waffe, »Glück zu, Sonntagskind, du mußt heute abend noch den Viertelsrichter geschweigen, der Mutter die Tränen trocknen, dem Vater einen frohen Abend machen und der Sabine die Schürze voll Taler schütten, daß du ihr einen vergnügten Blick abzwingst!«

Somit trat er in ein schönes, großes Haus. Als er den ersten Treppenabsatz mutig erstiegen hatte, fiel sein Blick in einen Spiegel, wie solche in vornehmen Häusern an der Laterne angebracht sind, um ihr Licht verstärkt auszustrahlen. Ein verzerrtes, altes Gesicht blickte ihm daraus entgegen.

»Bin ich das?« rief er und griff an seinen Kopf, erschrocken, sich gleichsam selbst verloren zuhaben. »Du wirkst schnell«, sagte er zum Wunderstock, der schwer auf die Treppe fiel – und nun bemerkte er auch an sich die zusammengesetzte Garderobe eines Wucherers.

Als er aber wieder aufsah und das Gesicht im Spiegel ein Paar ganz bedenkliche, graue Augen an ihn machte, mußte er lachen, erinnerte sich, daß er heute einen guten Tag habe, und flog die Treppe hinan.

»Zum Henker, wer stört denn die Leute in der besten Morgenruh?« rief der Leutnant, im Bette auffahrend, und legte sein junges Gesicht in martialische Falten, als er seinen Gläubiger eintreten sah. »Du bist's? Alle Hagel, was fällt dir ein? Willst du dich wohl gleich trollen, oder soll ich dich in harten Talern und klingenden Kopfstücken bezahlen?«

»Ich bitte gar höflich!« sagte der verwandelte Stephan, selbst erstaunt über seine veränderte Stimme, indem er sich mit dem Rücken gegen die Türe zurückzog und den Stock vorhielt.

Im Gesichte seines Gegners stritten Ärger und Betroffenheit.

»Du willst ein Karolin für die lumpige Pistole, und sie ist keinen Heller wert. Hätt ich's nur nicht verwettet, so würf ich dir den Bettel vor die Füße. Ich sollte dir nichts geben, Spitzbube, als Prügel. Es ist sonst Grundsatz bei mir, keinen Wucherer zu bezahlen, weil ihr alle Schurken seid, und ich weiß gar nicht, was mich heute für eine Laune ankommt, daß ich dich noch nicht die Treppe hinuntergeworfen habe. Soll ich dich denn nach einem Monat schon bezahlen, eh du nur das dritte Mal drum gelaufen bist? Wetter! wer mutet mir denn so was zu? – Was packt mich denn für eine Großmut? Gib meinen Rock her, widerlicher Kerl, 's ist nur, daß ich deine unausstehliche Physiognomie vom Leib bringe!« Er zog den Beutel aus dem dargebotenen Rock, schüttelte einige Geldstücke heraus und warf, während er sie zusammenzählte, unruhige Blicke auf den Wucherer. Dann stieß er sie ihm in die Hand.

»Jetzt pack dich und komm mir nicht wieder unter die Augen, oder ich schieße dich auf dem Fleck zusammen. Himmel!« fuhr er wieder auf, als der Wucherer draußen war, »bin ich denn über Nacht ein Narr geworden – Bursch, komm herein! – So könnt ich ja heute keine Whistpartie machen! – Bursch! – Will ich denn nicht in die Oper gehen? Bursch, Bursch! Wo steckst du? – Faultier!« schrie er seinen hereintretenden Bedienten an. »Hurtig, bring mir den Kerl wieder herein – er kann noch nicht zum Hause hinaus sein.«

Der Bediente kam bald wieder zurück und versicherte, der Herr Leutnant möge denken, was er wolle, er habe den Wucherer noch auf der Treppe, unter der Haustür und vor dem Hause gesehen; da sei er aber plötzlich verschwunden.

»Was willst du denn, Esel, ich habe ja gar nichts von dir gewollt«, sagte der Junker, legte sich auf die andere Seite und setzte seine spätem Morgenträume fort.

Der Bediente machte große Augen: »Kann einen denn auch ein purer, einziger Schnapskelch zum Frühstück betrunken machen?« brummte er vor sich hin, während er die Bürste holte, um seines Herrn Stiefel zu wichsen.

Stephan schlenderte indes sehr erheitert die Straße hinab. Hab ich gleich zum Anfang, dachte er, diesen wilden Eber bezwungen, so wird es bei andern doppelt gut gehen.

Unterdessen war er an ein niedliches Häuschen gekommen, das etwas tiefer von der Gasse abstand als die übrigen, und hatte mit seinem Stock so hart an die Haustüre gestoßen, daß es einen schauerlichen Klang gab, der ihn selbst zusammenfahren machte. Aha, ich verstehe, sagte er zu sich und trat hinein. Im Vorhaus begegnete ihm ein Bettler. »Unbarmherziger Schlemmer!« murmelte dieser. »Er selbst ißt und trinkt den ganzen Tag, und der Armut gönnt er keinen Brosamen.«

»Wart Er ein bißchen vor dem Hause, guter Freund«, sagte Stephan zu ihm, während er unter den Taktschlägen seines Stocks tiefer hinein und einige Stufen hinunter nach einer Türe zuschritt, aus welcher eine heisere, klägliche Stimme kam.

»Johann! Johann! Um Gottes willen, willst du mich denn verschmachten lassen! So höre doch! Vom Roten Nummer acht.« Stephan trat in ein halbdunkles, nicht eben großes Zimmer, das aber mit seidenen Vorhängen verziert und voll prächtiger Möbel war.

Auf einem tiefen seidenen Sofa lag in etwas altmodischen, aber kostbaren Kleidern ein unmäßig beleibter Herr, auf dessen rotangeschwollenem Kopf die milchweiße, großlockige Perücke anstatt einer warmen Kappe saß. Der runde Tisch, unter welchem dieser Mann seine Füße spreizte, stand voll Schüsseln. Die eine Hälfte derselben war schon verächtlich beiseite geschoben, und abgenagte Beine und Flügel machten sie einem geräumten Schlachtfelde ähnlich, während einige andere mit Wildbret, Sulzen und Austern, als frische Munition aufgepflanzt, den Augen näher gerückt waren, die vom Hinterhalt des Ruhebettes mit gereizten Blicken auf sie hinspielten; und gleich wie jene abgedankten von zwei leeren Flaschen abgeführt zu werden schienen, so marschierten sie unter Anführung zweier vollen dem Rand des Tisches und dem dortigen Silberbesteck in den fetten Händen entgegen. Als ganz abgemachte Sache hinwiederum war auf einem an die Wand gerückten Tischchen ein Service zu sehen, mit Schokoladespuren besprengt. Indem Stephan das goldene Zeitalter, das in diesem heimlichen Kabinett eingeschlossen schien, mit seinen Blicken zusammenfaßte, hatte der Mastmann auf der Ottomane, nachdem er das schwere Besteck auf den Teller klappern lassen, seinen mächtigen Mund zu ärgerlichem Staunen geöffnet. Ein Pavian, der, als Stephan eintrat, auf einem großen vergoldeten Samtstuhl saß, hatte vor dem unwillkommenen Besuche sich unter den Lehnstuhl verkrochen.

»Sind Sie's, Herr Nachbar«, begann der Frühstückende mit heiserer Speckstimme, »ach, jetzt erkenn ich Sie, ich weiß nicht, warum Sie mir heute so besonders vorkommen, da ich doch nichts Verändertes an Ihnen bemerken kann. Aber meine Augen nehmen leider sehr ab, so wie auch mein Magen fast nichts mehr vertragen kann. Haben Sie meinen Johann nicht gesehen? Der gottlose Schlingel läßt mich gleich allein, wenn ich nur ein bißchen die Augen zumache. Ehrenfriedchen, komm doch hervor«, wandte er sich jetzt zum Affen, indem er nach ihm die Hand unter den Lehnstuhl streckte, mit beschwerlichem Schnaufen, »du darfst nicht schüchtern sein, es ist ja nur der Herr Verwalter.« Der Pavian drehte mit einer ängstlichen Fratze seinen Kopf gegen Stephan heraus und fuhr wieder zurück. »Willst du denn nicht?« sagte sein Herr mit milder Stimme. – »Ach, sehen Sie, das gute Tier ist in Verlegenheit. War nur mein Johann auch so treu wie du, mein Ehrenfriedchen – hat ganz mein Gemüt. Drum hab ich ihm auch meinen Namen gegeben. Wertester Herr Verwalter, hält Sie denn Ihre Frau Liebste noch immer so kurz? Sie kommen mir doch fast stärker vor.«

»Ich möchte nur gern mein Geld«, wollte Stephan mit barscher Stimme sagen; denn der Unbekannte war ihm sehr zuwider, aber es kam doch noch ganz erträglich fein heraus.

»Ja – so«, dehnte der Herr und legte die große Prise, die er eben aus der Silberdose geholt hatte, langsam wieder hinein. »Ist es denn Ihr Geld? Ich dachte, es wäre aus Ihrer Armenkasse. Und Sie sagten ja – wenn ich nur – verstehen Sie – Sie wüßten es schon zu machen. Ich habe Sie ja auch gebeten, nächstens einigemal mein Gast zu sein. Nur in dieser Woche kann's nicht sein. Verzeihen Sie – ich bin gar zu krank, das Reden greift mich schrecklich an, und die Eßlust will mir auch ausgehen. Ich muß mich ordentlich zwingen. – Stehen Sie mir doch um Gottes willen nicht so nahe, es versteckt mir ganz den Atem. Ach, lieber Freund, ich bin übel daran. Das kommt von der Alteration. Ich habe mich gestern wieder erschrecklich alterieren müssen. – Der schöne Sommermittag lockt mich hinaus, und ich will es wieder wagen, gegen meinen Grundsatz, ein paar Straßen zu gehen. Ich rauche mein Pfeifchen, das mir ordentlich geschmeckt hat, und wandre so ganz ruhig dem Kaffeehaus zu, hatte auch schon meine Gedanken ganz aufs Kaffeehaus gerichtet. Ich gehe unbesorgt meines Wegs und schaue gerade einer Kompanie Enten zu, die nach einer Pfütze oder Gosse zulaufen, weil just aus einer Rinne Spülwasser heruntergegossen wurde; damit beschäftigte sich meine Phantasie gerade ganz anmutig – da fängt, Herr Verwalter, oben in dem Haus, unter dem ich vorüberkrieche, vom Dach herab ein Gepolter an – es kracht, daß ich glaube, die ganze Geschichte kommt mit Stock und Block, mit Stahl und Eisen, Hund und Katze auf dich herunter. Himmel! ich ziehe den Kopf ein und mache einen Satz mitten in die Gosse hinein – da steh ich und warte voll Angst – was nun auf mich herunterkommen wird. Es kam aber gar nichts. Allein der forcierte Sprung, der Schrecken, die Überraschung, mit einem Wort die Alteration – ich war ganz krank – und wankte halbtot nach Hause. Es ist eine Schande für unsere Polizei – verraten Sie mich nicht, aber wie leicht könnte ein Mensch auf solche erbärmliche Manier vor der Zeit und bevor es eigentlich Gottes Wille ist, das bißchen Leben verlieren, das man sich notdürftig genug in unserer schlechten Zeit erhält, wo alle guten Nahrungsartikel so rar und so teuer sind. Ja, sehen Sie, und jetzt hab ich mich schon wieder am frühen Vormittag alterieren müssen. Kommt so ein Hund von Bettler hereingetölpert, der sich kein Gewissen daraus macht, den letzten Groschen, den man seiner Gesundheit und seinem Alter schuldig ist, einem abzupressen, damit er ihn verprassen kann. Geben Sie mir doch ein andermal die Ehre, lieber Herr Nachbar – werter Herr Verwalter. Es bleibt bei der Verabredung – nächster Tage bitt ich mir das Vergnügen aus, und ich will ein ganz ausgesuchtes, feines, delikates, appetitliches Mittagsschmaus ... –«

»Das Geld ist mir aber notwendiger«, fiel Stephan ein, der unter dem gleichmäßigen Fortwälzen der Worte vergebens auf eine Pause gewartet hatte, »und ich muß ohne Umschweife darum bitten.«

»Nun, billiger Himmel, erschrecken Sie mich nicht!« erwiderte der dicke Herr. »Wo bleibt denn unser Kontrakt? Von was für einem Geld reden Sie denn? Haben Sie denn nicht gesagt, die Hälfte soll mir bleiben, wenn ich zeuge, daß das Geld richtig verteilt worden? Und anders zeug ich auch nicht. Für nichts und wieder nichts nimmt man so was nicht aufs Gewissen. Aber Sie mögen's vor dem Ihrigen verantworten, daß Sie mich wieder so alterieren!«

Der Herr fing an kläglich zu keuchen und zu husten. Stephan ließ seinen Stock einigemal durch die Finger fallen.

»Gerechter Himmel!« stöhnte der Herr beklommen, »wie gehen Sie mit einem kranken Manne um, der Ihnen nichts zuleide getan hat. – Ehrenfriedchen, aporte, die Schatulle! – Aporte schön, Ehrenfriedchen.«

Der Affe hatte indes unter dem Sofa eine Schatulle hervorgekratzt, sie dem Herrn zähnefletschend hingereicht und sich schnell wieder zurückgezogen. Währenddem hatte sich dieser auf die linke Seite gewälzt, ächzend und schnaufend sich gestreckt, und nun arbeiteten seine schwülstigen Finger mit mühseliger Anstrengung in der Hosentasche nach dem Schlüssel.

»Ach!« seufzte er, während er denselben die hochgewölbte Weste heraufschob. »Ich wette aber, an alledem ist niemand schuld als Ihre Frau. Wenn Sie aber einen uneigennützigen Freund nicht hören und sich von Ihrer Frau vollends zu Tode hungern lassen wollen«, dabei blickte der Herr mit seinen matten Augen ängstlich auf zu Stephan, als hoffe er noch halb, ihn abzubringen. »Nun«, fuhr er erschrocken zurück und wühlte in den Geldrollen, »ich hätte geglaubt, ein guter

Bissen täte Ihnen not; aber Sie wollen nicht. So ist's aus; ich lade Sie zu nichts, ich bezeuge nichts, ich will auch nie mehr einen ehrlichen Handel mit Ihnen zu machen versuchen. Hier sind netto fünfundfünfzig Taler – da haben Sie den Bettel wieder«, sagte er, und seine wehmütigen Blicke folgten der Rolle, bis sie in Stephans Tasche verschwand. »Muß denn alles auf mich hereinstürmen«, jammerte er, sich wieder zurücklehnend, während der Affe die Schatulle wieder unterschob und Stephan ging.

»Tun Sie mir doch wenigstens noch den Liebesdienst«, rief er diesem nach, »und schicken Sie mir meinen Johann.«

Draußen stand noch der Bettler. Stephan gab ihm einen Taler. »Das schenkt Ihm der Herr da drin, Er kann sich selbst bedanken.« Der Bettler schüttelte höchst erstaunt den Kopf und ging nach der Türe. Indessen kam auch der Bediente. Ohne auf das Gebrülle zu hören, das nun drinnen der Herr zwischen Bettler und Diener verteilte, eilte Stephan dem nächsten Hause zu.

»Ich muß«, sagte er mit Lächeln, »den saubern Nachbar und Armenverwalter doch auch kennenlernen, den ich soeben vorgestellt habe, und bin höchst neugierig, in welcher Gestalt ich meinem Doppelgänger erscheinen werde.« Er war schon auf der Treppe, da er so zu sich sprach, und fand nun Gelegenheit, seinen neuen, schönen Anzug zu bewundern. Diesmal kommt's vornehm, dachte er. Eine gellende Stimme, die mit der Magd zankte, ließ sich hören. »Unfehlbar die Frau Verwalterin«, bemerkte er und war auch kaum mit seinem Stock in das Zimmer gepoltert, als die robuste Hausgebieterin schon nachfolgte.

Hier sah es weit anders aus als in dem Nebenhause. Ein paar braunvergoldete Spiegel und einige gemalte Vögel neben alten geistlichen Herrn waren die einzige Wandverzierung. Alle Möbelpracht vertrat ein einziger großer Wand- und Hausschrank mit einem Pult und vielen Schiebladen und Schlössern von braunem Nußholz, in welches der wohl längst verstorbene Künstler französische Schäferinnen eingelegt hatte. Das Krongesimse dieses ehrwürdigen Hausmagazins war mit einigem Porzellangeschirr verschanzt. Neben diesem Gebäude saß, als Stephan hereintrat, ein langer, hagerer Mann im schmutzigen, hellblauen Hausrock, dessen gestreckter Hals mit dem braunen, struppigen Kopf über eine Schüssel hing wie ein dürres Winterzweiglein. Jetzt ließ er ab, die dünne Brühe zu schlürfen, und stand verlegen auf. Seine Ehehälfte, die jedoch weit mehr als die Hälfte auszumachen schien, nahm für ihn das Wort.

»Ach, wenn Sie wüßten, Herr Kommerzienrat, was für eine schlechte Spekulation wir mit den Heringen gemacht haben, die Sie uns verschrieben, so würden Sie vielleicht nicht so zeitig kommen, den Posten einzufordern. Aber in unsern schlechten Zeiten kömmt man auf keinen grünen Zweig. Ich sage immer zu meinem Manne, gewinnen kann man gegenwärtig nichts, man kann nur sparen und erhalten. Das will er aber nicht hören, denn er ist auch von dem allgemeinen Luxus, von der Kleiderpracht, dem Wohlleben, der Verschwendung angesteckt. Ich kann die Leute nicht begreifen. Es hat sich in allem verändert. Mein seliger Vater, der hatte sich einen solchen Gang angewöhnt, daß er fünf Jahre in einem Paar Stiefeln gehen konnte, ohne sie zu zerreißen. Freilich waren damals die Schuhmacher auch keine solche Spitzbuben. Jetzt, wenn ich Sonntag nachmittags zum Fenster hinaussehen will, muß ich's gleich aufgeben, um mich nur über den Gang der Leute nicht zu ärgern. Das schlendert und schlürft durch die Straßen, daß alle acht Tage ein Paar Schuhe durch sein müssen – und vollends die neuen Scharrkomplimente! So kann ich mich auch nicht genug ärgern über die phlegmatische Natur meines Mannes. Wenn er den Schnupftabak in seine Dose schüttet und die Hälfte ihm auf den Boden fällt, da macht er nur ruhig fort, als wäre gar nichts geschehen. Wenn er schreibt und die Feder taugt nicht gleich, weg wirft er sie und nimmt eine andere. Ei der Tausend, sag ich – kipp ein wenig vorne ab, und sie wird exzellent gehen. Das Geschreibe kostet ohnehin mehr Tinte, Papier und Federn, als es einträgt. Sonntags beim Kaffee (und zu dem Kaffeetrinken bin ich ungern genug gekommen), wenn ich gerade hinaus muß und er sich selbst einschenkt, schwimmt ein ganzer Milchsee auf dem Tisch herum, wenn ich zurückkomme. Das soll ich hinunterschlucken, als wär's nicht der Rede wert.«

Währenddem war der magere Mann mit kläglichem Gesicht vor den Schrank getreten, hatte mit seinen langen Fingern das Türchen geöffnet und klapperte nun in der Kasse herum. »Geh nur«, fuhr die Frau auf ihn zu, »laß nur mich machen, du bringst's doch nicht recht zusammen und gibst wieder Groschen für Kreuzer aus wie neulich.« Der Gemahl wich. »Da mag ich ihm hundertmal«, fuhr sie unter dem Zählen fort, »die schlechten Kreuzer für die Bettler auslesen und zeigen, wenn ich ausgehe. Komm ich nach Haus, sind richtig die guten fort.

Hier«, sagte sie jetzt, »sind sechsundzwanzig Gulden neunundvierzig; davon kommen zwei Gulden Rabatt – so wird's recht sein«, und reichte das Geld schnell hin.

Stephan, obgleich mißtrauend, nahm's, ohne zu zählen, und eilte fort; denn er dachte noch manchen andern Besuch zu machen.

Nachdem er beim Eintritt in einige Haustüren seinen Stock zu leicht gefunden hatte, um mit ehrlicher Leute Geld sein Gewissen zu beschweren, wandte er sich in eine andere Straße und wurde hier von seiner Zauberrute in den zweiten Stock eines neuen Hauses gezogen. Was hab ich in diesem kurzen Tag erlebt, und was werd ich noch erleben! sagt' er zu sich. Träum ich denn nicht? Aber nicht einmal träumen hätt ich in unserer armen Gasse ein solches Glück – nicht einmal einbilden hätt ich mir solche Veränderungen können! – Welche Menschen hab ich kennengelernt!

Da hüpfte ihm eine leichte Zofe entgegen: »Sind Sie schon wieder da, Madam Brabant? Sie werden meine Herrschaft im Lesen stören und wieder nichts ausrichten, wie immer. Es geschieht Ihnen recht. Warum arbeiten Sie ihr immer noch, da Sie doch wissen, daß Ihnen an jedem Konto die Hälfte abgezogen wird. Aber um alle Welt, was machen Sie mit diesem schwarzen Prügel?«

»Es ist«, stotterte Stephan, welcher den Reden des Kammermädchens und seiner Kleidung angemerkt hatte, daß er zur Putzmacherin geworden war, »eine neue Art von Haubenschachtel!«

Verwirrt über seine mißratene Ausrede klopfte er schnell an und kam in ein freundliches Zimmer, rings ausgeschmückt mit Gemälden schöner Ritter und Fräulein. Ein solches lag auch lebendig auf einer Ottomane in einem weißen Morgenanzug, nur daß ihr Gesicht den welken Rosen zu vergleichen war, die neben dem Sofa auf einem Tischchen standen. Um sie her lagen Bücher, auf einem in ihrer Hand ruhten ihre Augen, und noch lange, als Stephan-Putzmacherin vor ihr stand, tropften ihre Tränen auf die Blätter des Romans. Endlich blickte sie mit verweinten Augen auf.

»Was? Sie da, liebe Brabant?« schauerte sie zusammen und schaute sie fragend und zerstreut eine Weile an. Dann nahm sie ihr Schnupftuch. »O Gott, ich bin so weich gestimmt«, lispelte sie, während ihre Tränen flössen. »Was wollen Sie? Sie sollen alles haben. Ach ja! die neuen Spitzen sind noch nicht berichtigt. Gleich, liebe, gute Frau.«

Sie wankte an einen Sekretär und nahm verwirrt Goldstücke und Silbermünzen heraus. »Ich bin heute gar zu bewegt – so gerührt – so wehmütig. Ach, ich habe ein himmlisches Buch gelesen: Die Lust der Liebe und der Schmerz der Liebe! Hier, gute Brabant – es wird mehr sein, es wird zuviel sein – aber nehmen Sie nur – es ist schon gut.«

Stephan wollte, als er die Hand öffnete, einen Bückling machen, es ward aber ein Knicks daraus. »Ach, der Schmerz der Liebe«, seufzte das Fräulein, und er schlüpfte zur Tür hinaus.

»Mein Gott, wie ist mir«, sagte sie zitternd, als Stephan die Treppe hinuntereilte, und fuhr mit der Hand über die Stirn. »Mir ist gerade, als wäre die Brabant in Gestalt eines schwarzen Stocks bei mir gewesen und habe mir Geld abgenommen. Das ist Krankheit – Fieber – niemand ist dagewesen.« Sie klingelte, um den Arzt rufen zu lassen.

Auf der Straße ging Stephan an zwei Frauenzimmern vorüber, von welchen eine ebenso gekleidet war, wie er im letzten Hause und auch sonst einer Putzmacherin glich. »Ich habe«, sagte sie zu ihrer Freundin, »heute einen schlimmen Tag. Es kam mir soeben an, als war ich mir selbst genommen. – Denken Sie sich die Narrheit – ich muß mitten auf der Straße ein Kompliment machen und weiß nicht wem? Ein ganz fremder Herr sah mich erstaunt an und zog zweifelnd den Hut.«

Stephan erschrak und machte sich schnell davon auf einen neuen Platz. So drang er noch in manches Haus, und der Wunderstock machte gute Beute.

Die Nachmittagssonne schien wieder einmal recht warm und freundlich in die Gasse. Da hatte sich die alte Wäscherin in ihren reinlichen Kleidern vor das Häuschen auf die Bank gesetzt. Ruhig lagen ihre gefalteten Hände im Schoß, und ein milder Zug auf ihrem bleichen Gesicht zeigte, wie wohl ihr die lang entbehrte Sonnenwärme tue. Darüber sank ihr schwaches Haupt in Betäubung, sie schlummerte ein, und Träume besuchten sie. Sie sah ihren Sohn wieder, den blühenden, jungen Soldaten, wie er, schon zum Abmarsch gerüstet, von ihr Abschied nahm, und hörte ihn nochmals sagen: »Gott behüte Sie, Mutter, und wenn ich zurückkomme, soll Sie sich nicht mehr so plagen müssen!« Dann sah sie ihn wieder mit großer Bangigkeit in einem Schlachtgetümmel. Mehrmals glaubte sie ihn fallen zu sehen. Dann stand er immer wieder vor ihr und lächelte sie an. Endlich ist es ihr, als war es Abend und sie liegt müde in ihrem Stuhl in der finstern Stube. Da geht die Tür auf, und eine große Gestalt kommt herein, aber in der Dunkelheit sind ihr die Züge undeutlich und fremd. Jetzt tritt er ganz nahe, und es ist ihr Ferdinand.

»Grüß Sie Gott, Mutter«, ruft er, »kennt Sie mich noch?« Und auf einmal fällt es ihr ganz schwer auf die Knie, und er schüttet ihr die Schürze voll Geld. Sie hört es auch deutlich rauschen. Sie will auffahren.

»Frau Liese! He! – Nachbarin Liese«, ruft es immer lauter – und am hölzernen Tritt hört sie, daß der alte Christoph mit seinem Stelzfuß auf sie zugehüpft kommt. Wie sie die Augen aufschlägt und sich besinnt, daß sie im Gäßchen vor der Haustür sitzt, steht er schon vor ihr.

»Ei, Sie muß mit mir kommen, Alte!« sagte Christoph, und seine schwarzen Augen funkelten aus dem graubärtigen Gesicht. »Was denkt Sie? Sie weiß ja, daß ich gestern den dummen Streich gemacht und dem Viertelsvogt die Wahrheit unter die Nase gesagt habe; dafür verschaffte er mir frei Logis ohne Aussicht. – Gerade haben sie mich wieder laufen lassen. Ich humple verdrießlich nach Haus. Wie ich in mein Loch krieche – denk Sie sich – steht auf meiner Bank (die mir ja schon lang als Tisch und Bett und Kasten dient) ein Krug mit Wein, ein Laib Brot und zwei mächtige Würste. Meiner Seel, ich bin kein Narr, 's ist wahr! Ist's vom Himmel gefallen – hat's ein guter Freund getan – ich weiß es nicht! Auf den Studenten möcht ich am ersten raten; aber wo hätte der das Geld dazu? Aber da ist's einmal, bei meinem halben Bein, das in der Magdeburger

Schanze liegt! Nun, ich will's schon herauskriegen, wer mir den Streich gespielt hat. Er hat's wohl getan, damit ich mir einen lustigen Abend machen soll. Nun, bei Gott, das will ich auf seine Gesundheit tun. Aber Sie muß mir helfen, Frau Liese, allons, marsch! Setze Sie Ihre Beine in Bewegung – schau Sie mir nicht so starr ins Gesicht.« – »Mein Gott, was ist das?« rief die Wäscherin mit aufgehobenen Armen. »Und mir träumt's eben, mein Sohn sei dagewesen und habe mir eine ganze Handvoll Geld – großer Gott! da, in meiner Schürze –«

»Mohrensäbel!« fiel der alte Kriegsmann mit seiner Baßstimme ein, »was ist denn heute für ein Tag? – Mir regnet's Würste ins Haus, dir Taler in die Schürze. Närrisches Mütterchen! Dein Sohn kann nicht dagewesen sein – den hab ich selber eingraben helfen. – Aber daß heute ein guter Geist spukt, das ist richtig. Deswegen darfst du mir aber doch meinen Schmaus nicht verachten. Trag dein Geld in die Truhe. Du sollst heute mein Gast sein – ein andermal steh auch ich dir zu Diensten! Element! was sind das für Sachen!«

Mit unbeschreiblichem, stillem Frohlocken hatte Stephan das alles, in der Ecke versteckt, belauscht, und nun flog er neuer Freude entgegen. Er schlich sich durch die Hintertüre in das Haus seines Nachbars, des Vaters von Sabinen, und hüpfte mit seinem Stab die schmale finstere Treppe hinauf bis zum Dachstübchen des Studenten. Leise öffnete er die Türe. Da saß der arme Jüngling, halb abgewandt von der Türe, vor den kleinen Fenstern, auf deren Gesimse er sein Buch gelegt hatte. Seine hohe, magere Gestalt, im dürftigen grauen Kleide, seine schönen Haare und die bleichen Wangen gaben das Bild edler Gesinnung; und wirklich glich er auch ganz einem Bilde in seiner ruhigen, aufrechten Haltung, mit den niedergeschlagenen Augen und die Hände um das griechische Trauerspiel, welches er las, gelegt.

Der rötliche Abendschimmer glänzte durch die Scheiben auf seine hohe Stirne und sein Buch. Das Geräusch des Eintretenden erweckte ihn, er sah sich um und stand in einiger Verlegenheit auf.

»Guter Mann«, sagte er treuherzig, seine Hand auf die Brust legend, »es tut mir sehr leid, daß du wieder umsonst kommst. Ich muß dich bitten, noch einige Zeit Geduld zu haben. Ich habe mich bisher umsonst um Stunden bemüht, weil der Rektor, seit ich ihm einmal die Fehler in seiner Übersetzung gewiesen habe, mich überall verfolgt und anschwärzt. Doch habe ich Hoffnung, nächstens einige Lehrstunden zu bekommen, und dann –«

»Lieber Herr!« fiel Stephan als Gläubiger ein, mit heimlicher Freude über seine Rolle, »lieber, gelehrter Herr Student, was liegt an dem Taler. Ich bin nicht deswegen gekommen. Ich habe Sie fragen wollen, ob Sie nicht einige Taler Vorschuß brauchen können. Wenn Sie einmal Superdent oder Konsistorialis sind, geben Sie mir's wieder«, und hiermit legte er eine Handvoll Geld auf den Tisch. Der Student trat einen Schritt zurück, große Tränen kamen ihm in die Augen.

»O du guter Mensch!« rief er aus, faßte ihn bei der Hand, und ihn umarmend, sagte er: »Vergib mir, lieber Freund. – Ich habe bisher geglaubt, daß es nur in Büchern edelmütige Menschen gebe. – Wie beschämt stehe ich vor dir! – Aber du tust zuviel«, fuhr er fort, »und willst mehr, als ich brauche, geben. Du mußt wenigstens die Hälfte wiedernehmen. Es könnte lange dauern, bis ich nur diese dir wieder ersetzen kann.« Während er an den Tisch trat und mit zitternden Händen von dem Gelde zurückgeben wollte, trippelte Stephan schon mit hohem Herzklopfen die Treppe hinab.

Unten im Hause war großer Lärm.

»Herr«, rief Sabinens Vater, »wenn ich Ihnen aber sage, daß der Kaufmann eine Menge Bestellungen bei mir gemacht hat und versprochen, alles Fertige bar zu bezahlen –«

»Ist gut für ihn«, fiel der Eisenhändler mit schnarrendem Tone ein, »ich bleibe aber bei meinem Grundsatz, nichts auf Borg herzugeben!«

»Aber, lieber Herr Rufe«, bat der Messerschmied wieder, »erbarmen Sie sich doch über eine Familie, die nahe daran ist, wie wilde Tiere eingepackt und übers Meer geschickt zu werden. In Ihren Händen liegt unser ganzes Glück. Sie können die letzte Hoffnung zu einem neuen Aufkommen, die mir armem Mann –«

»Ja, wenn«, unterbrach ihn gleich der Kaufmann, »ihr Messerschmiede in diesem Zwinger nur nicht so verrufen wärt. Wie könnt Ihr denn von mir verlangen, was Euer leiblicher Vetter nicht tun will.«

»Vielleicht lenkt Gott doch noch sein Herz«, redete das Weib drein.

»Wenn er aber so hartherzig wäre«, fügte der Mann dazu, »so erbarmen doch Sie sich über uns, um Gottes willen!«

Dies behorchend, hatte Stephan seinen Stock hinter einen Treppenbalken geschoben und sah eben Sabinen mit traurigem Gesicht ins Haus treten. Als sie ihn auf der Treppe erblickte, erheiterte sich schnell ihre Miene, sie bückte sich hastig, als wollte sie sich versichern, daß er's, wirklich sei, fuhr dann auf und dem Herabspringenden entgegen.

»O Stephan«, sagte sie und legte mit Zutrauen ihre Hände auf seine Arme, »du hast mir recht gefehlt. Wo warst du denn so lange? Ich habe viel auf dem Herzen, das ich dir klagen möchte.«

»Wo kommst du denn her?« fiel ihr Stephan ins Wort.

»Ach, von dem garstigen, schnaubenden Vetter Kässtecher. Da war ein Herr bei Vater und hat feine Messer und Bestecke und Feuerstahle bestellt, daß wir davon reich werden könnten. Aber der Herr Rufe will kein Eisen und Stahl hergeben, wenn's der Vater nicht gleich bezahlt. Drum haben sie mich mit einem Zettel zum Vetter geschickt, der hat mich aber angeschnaubt: ›Pah, ich habe nichts, und wenn ich was hätte, so gäb ich nichts – Punktum!‹«

»Ist der Herr Rufe noch drinne? Ich glaube, ich hör seine Stimme.«

»Wenn ich Ihnen aber das Geld verzinse zu fünf Prozent, zu sechs Prozent?« hörten sie den Schwertfeger dringend fragen.

»Und wenn Ihr mir's zehnfach zu zahlen versprecht, so hab ich davon keinen Feilspan. Ein Spatz in der Hand ist mir lieber als zehn Tauben auf dem Dache.«

»Geh, geh hinein«, flüsterte Stephan und drückte Sabinen eine Rolle Geld in die Hand. Sabine wollte nicht nehmen und wurde rot und blaß, »'s ist nicht gestohlen«, sagte rasch Stephan, »'s ist vom weißen Mann – geh doch – ich bitte dich – sag, es sei vom Vetter«, und damit drückte er sie zur Türe hinein.

Langsam stieg indessen in das Dunkel der engen Schwertfegergasse der Viertelsrichter hinab. Wie ein Kranker lehnte er sich an seinen Stock, wie ein Schlafender hatte er die langen Wimpern geschlossen, und schlaff hingen alle Züge seines Gesichtes.

»Was für ein schwüler Tag«, sprach er leise in sich hinein, »welche drückende Luft! Wie bin ich so matt und aufgelöst. Den ganzen Nachmittag zog es mir seltsam in allen Gliedern; ich konnte nichts denken, als ob ich denn noch ich sei, und seitdem ich nun gar um die Ecke dieser verdammten Gasse schleiche, bin ich wie aus mir herausgehoben. Ja, diese Spitzbubenhöhle zehrt mir am Leben. Ich habe das Lumpenvolk nie leiden können. So bettelhaft und doch so lustig und lebendig. Ich ruhe nicht, bis sie ausgerottet sind, und wenn ich in der verhexten Luft ersticken sollte! Zuerst muß aber der ungeschlachte Schuhflicker dran – der ist mir der Widrigste.«

Lebhafter schleppte er sich gegen Antons schiefhängende Haustüre hin. Als er sich am Hause dünkte, hob er, um über die buckligste Schwelle nicht zu fallen, die Augen auf. Welche Erscheinung! Dicht vor ihm stand er selbst – in seinem eigenen großen, dreieckigen Hut – in seinem langen, papierblauen Rock – seinen gelben Zeughosen – den hellgewichsten, geschnäbelten Stiefeln – ja, mit seinem gepuderten Haar – mit seinen blassen Backen – mit seinen leibhaften, glasgrauen Augen, die ihn leblos ansahen. – Er wollte schreien, der Atem versagte ihm, er wankte. Mit den Händen das Gesicht bedeckt, riß er sich in angstvoller Anstrengung die Gasse hinauf, und jetzt erst fühlte er sich freier und stürzte mit Stöhnen und Ächzen nach Hause.

Auch Stephan hatte zitternd mit seinem Stabe unter der Haustüre gestanden; doch er raffte sich schnell auf, schob das Wunderwerkzeug ins Ofenloch und trat mit entschlossener Freudigkeit in die Stube.

Lange war kein solcher Tag über der alten Hohlgasse aufgegangen. Es schien, als ob heute alles ehemalige, erstorbene Leben derselben auf einmal wieder aufgehen wolle. Den ganzen Morgen war ein Hin- und Herrennen, ein Fragen und Erzählen, besonders ein Drängen um Antons Haus gewesen. Bald ließ sich ein lauter Jubel hören, bald schienen im Innern der Hütten allerlei Vorkehrungen getroffen zu werden.

Während die ganze übrige Hauptstadt heute ausgeleert war, weil alles zur Kirchweihe eines benachbarten Dorfes strömte, hätte man aus den Anstalten, die in diesem Winkel getroffen wurden, vermuten können, die Leute wollten hier ihre besondere Kirchweihe feiern. Tische aller Art waren an den Häusern hinab zusammengerückt, Bänke, Stühle, Kisten, Balken mußten zu Sitzen dienen. Aus einigen Küchenfenstern sah man helle Freudenfeuer schimmern. Die Mädchen trugen Brotkörbe, die Burschen schleppten Bierkrüge und zogen Weinfäßchen daher. Die Kinder sangen Lieder, und alte Leute sahen von den Fenstern herab oder vor den Häusern mit begierigen Augen auf die Vorbereitungen hin.

Um die Tische bemühten sich unter andern auch zwei Personen, welche vorzüglich das Zeremonienmeisteramt übernommen zu haben den Anschein gaben. Sie besprachen sich von Zeit zu Zeit, gaben den andern Aufträge und deckten selbst die Tische. Es war eine rüstige, ziemlich bejahrte und korpulente Frau, gewöhnlich nur die Eibischmargaret genannt, weil das Sammeln und Trocknen dieses Tees ihr hauptsächlicher Nahrungszweig war, und anderenteils ein schwarzbärtiger, untersetzter Mann, der seine rote Mütze bis auf die finstern Augenbrauen herabgedrückt hatte. Dieser hieß allgemein der Meisenbaron, weil er sich für einen polnischen Baron ausgab, obgleich er dafür keinen andern Beweis als diesen Titel selbst hatte, und sein Leben durch Vogelfang, besonders durch Abrichtung von Kanarienvögeln und Blaumeisen erhielt.

»Ihr macht doch immer dasselbe Gesicht, Baron«, sagte zu ihm die Eibischfrau. »Wundert Ihr Euch denn gar nicht über alles das – und des braunen Antons inkapables Glück?« – »Was ist zu wundern?« erwiderte dieser, ruhig fortschneidend an einem Hammelbraten. »Welt ist Welt! Heute so, morgen anders.«

»Ja – wenn einem aber der Hase so gar unverhofft, so auf einmal in die Küche gejagt wird – versteht mich, da muß sich doch ein verständiger Mensch wundern.«

Der Küchenmeister schüttelte phlegmatisch den Kopf. »Sind denn nicht schon mehr reiche Vettern gestorben? Sterben muß man einmal, und so wird man auf einmal beerbt. Wie soll's anders kommen als auf einmal.«

»Daß man aber vorher gar nichts von einem solchen Vetter gehört hat?«

»War nicht der Mühe wert«, versetzte er, »solang der Mann lebte. Seit er gestorben ist und etwas hinterlassen hat, haben die Erben eher was von ihm zu sagen.«

»Geht«, sagte Margaret, »ich habe wohl fünfzig Vettern und rede von allen und werde kaum einen beerben; denn der Unterzoller hustet schon sieben Jahre und wird noch auf mein Grab husten.«

»Gebt ihm von Eurem Eibischtee«, sagte der Meisenbaron. »Die Würste her.«

»Ja, von meinem Eibischtee«, entgegnete sie. »Umsonst nahm er einen Zentner, der Knauser! Und der Torschreiber, der nächstens in die Ewigkeit geht, hat selbst nichts, und die Tändlerin vermacht alles ihrer Kaffeeschwester, und der Seifensieder –«

»Macht, daß Ihr mit Eurem Kuchenschneiden fertig werdet«, fiel der Baron ihr ins Wort, »es ist schon dreiviertel, und ich bin fertig.«

»Nun, nun, Baron, ich auch!«

»Hallo, Christoph!« rief der Baron. Da sprang der Alte aus dem Nachbarhaus wie der Kuckuck aus der Uhr, daß sein Stelzfuß auf polterte; er setzte seine eingerostete Trompete an den Schnurrbart und stieß mächtig dreimal hinein.

Jetzt öffneten sich alle Haustüren der Schwertfegergasse, und jung und alt wimmelte heraus in ärmlichem Staat. Stephan und Sabine standen umschlungen hinter dem alten Christoph mit freudigem Lachen.

»Lustig, lustig, lustig, lustig, Leute, Sapperment, noch einmal lustig!« kam jetzt Anton aus dem Hause gesprungen und warf sein Lederkäppchen in die Höhe. Ein lauter Jubel begrüßte ihn. Seine Frau Hanne folgte ihm; und das erste Rot der Freude, das seit lange wieder ihre Wangen erfrischte, stand ihr doppelt gut unter der neugekauften Haube, die sie aufgesetzt hatte, während Anton in seinen zerrissenen Kleidern geblieben war. Auch war Stephans ältere Schwester unter der Haustüre noch bemüht, dem kleinen Hannchen geschwind eine neue Schürze umzubinden.

»Sind die Spielleute noch nicht da?« fragte Anton, während sich alles an die Tische setzte und Frau Hanne, unterstützt von der Eibischmargaret, sich bemühte, den Leuten die gehörigen Plätze anzuweisen.

»Waren schwer welche zu bekommen«, antwortete der Meisenbaron, »die hungrigen Kerls sind alle dem Kirmeskuchengeruch nachgelaufen. Zum Glück hab ich noch zwei Bierfiedler und einen Hackbrettschläger in der Regimentsschenke getroffen. Sie haben sich die ganze Nacht abgegeigt und lagen auf dem Boden. Sie haben versprochen, sobald sie aufwachen, einen Pfeifer aufzutreiben und zu kommen.«

»Nun, wer gern tanzt, dem ist gut pfeifen!« rief Anton. »Holla! Gevatter Kurschmied und Wunderdoktor, Ihr seid König in unserer Gasse! Ihr gehört obenan!« Dabei zog er den dicken alten Mann in seiner stahlknöpfigen Sonntagsjacke neben sich auf den ersten Platz. Dieser setzte sich, ohne eine Miene zu verziehen, mit vieler Würde. Nun fiel alles über Löffel und Schüsseln her, und die Weiber und Mädchen schoben emsig die Speisen hin und wider.

»Wackerlot«, rief der Wirt der bunten Gesellschaft, »mir bangt heute für meine Kinnbacken! Die Maschine ist etwas außer Übung gekommen und muß heute was leisten, in einer Hauptaffäre. Denn, nachdem das Gehwerk so lange gestanden hat und nun der Bach auf einmal wieder läuft, ist's billig, daß ich das Versäumte hereinhole.«

»Pomalig«, sagte der Meisenbaron, gemächlich den Schnurrbart abwischend, »eins nach dem andern kann man Wunder tun.«

»Ich halte dafür«, bemerkte der Kurschmied, indem er aus seiner Riesenfaust einen Haufen Salz in die Suppe verteilte und Brotinseln in den Ozean seiner Schüssel warf, »daß man zuzeiten der Natur einen Stoß geben müsse!«

Indessen fielen die zunächstsitzenden Weiber über den Viertelsrichter her, der bei jedem Schluck Suppe schlechter wurde, gingen von ihm über zu den wilden Tieren auf den wilden Inseln und kreuzigten und segneten sich, daß sie durch die Großmut des braunen Antons nun in der Heimat leben und sterben könnten. Ihre Nebensitzer, die Schmiedegesellen, verstanden sich nicht so gut auf die Kunst, zugleich zu essen und zu reden, und trugen nur Sorge, das erstere Geschäft pünktlich auszuführen. Ein Häuflein mystischer und pietistischer Schuster, deren gleichgestimmte Seelen weiter unten sich zusammengefunden hatten, handelte die erlaubten und unerlaubten Gerichte ab und verständigte sich über die heiligen und unheiligen Tiere. Endlich breiteten sie einmütig das Tischtuch des Apostel Petrus vor sich aus und entschieden, daß sie heute von allem Fleisch essen dürften, und wären's auch Blutwürste. Ganz unten machte sich der alte Christoph über das betriebsame Schmausen und Schnaken der Gesellschaft lustig und sorgte für die alte Waschliese, welcher er mit freundlichem Blinzeln von Zeit zu Zeit Mut einsprach. Stephan, der es sehr bedauerte, daß er den alle laute Gesellschaft scheuenden Studenten nicht hatte herunterbewegen können, trug ihm in aller Stille die besten Bissen zu, deren er habhaft werden konnte. Dann setzte er sich wieder mit erheiterter Miene in den lebhaften Kreis, und der verschiedenartige Ausdruck des allgemeinen Behagens, der seine Blicke auf sich zog, ließ ihn kaum zum Essen kommen. Als ihn seine Nachbarin Sabine wiederholt dazu aufforderte, umhalste er sie, blickte ihr hell in die Augen und sagte: »Schmeckt's dir denn auch?«

»Nein«, lächelte sie, »wenn du nichts ißt.« Da aßen sie von einem Teller und teilten alles.

»Aus denen wird noch einmal ein Paar«, sagte der Winkelschulmeister Prägel, »ich prophezei's!«

Da lächelte der Nachbar Schwertfeger, und seine Frau schob das Haubenband unterm Doppelkinn vor und fragte: »Was sagst du dazu, Stephan?« Stephan nickte ernsthaft mit dem Kopf. »Und du, Sabine?« Diese ward hochrot, eine große Träne entfiel ihrem Auge, und schnell war sie aufgesprungen und zur Haustüre hinein.

Stephan ließ den fröhlichen Lärm des Gastmahls hinter sich und folgte ihr langsam. Da saß sie in dem schmalen Gärtchen hinterm Haus, unter dem einzigen alten Lindenbaum, strich sich das schwarze Haar, dessen Locken auf der Flucht über ihre Augen gefallen waren, aus der Stirne und schaute mit nassem Blick nach den weißen Wölkchen im blauen Himmel hinauf und dem stillen Licht, das auf ihnen schwamm. Stephan stand eine Weile unbemerkt hinter ihr; das Gezwitscher der Vögel um den Baum und das leise Rauschen der Zweige tönte ihm heute ganz besonders; er versank in ein unbestimmtes Nachdenken, und es ward ihm weich ums Herz. Er trat zu ihr und wollte ihre Hand ergreifen, aber sie bedeckte schnell mit beiden Händen das Gesicht.

»O Sabine«, sagte er, »was hab ich dir denn getan? So warst du ja noch nie.« Sie antwortete nicht. »Gestern abend«, fuhr er fort, »hast du dich mit mir so gefreut auf heute, und jetzt soll alle Freude mir so in Traurigkeit verwandelt werden?« Da richtete sie sich schnell auf und sah ihn wieder mit dem alten zutraulichen Blick an.

»Ach«, begann sie nach einer Weile, »ich wollte, Stephan, es wäre noch die alte Not und wir säßen hier und klagten – es war mir wahrhaftig besser.«

»Freust du dich denn nicht über unser Glück?« fragte Stephan und setzte sich neben sie.

»Es ist so plötzlich über uns hereingefallen«, erwiderte sie, »und alle sind so wild geworden. Höre nur da draußen den wüsten Lärm. Und du – o wie warst du sonst so still und ernst, Stephan, und jetzt schaust du immer so unruhig herum – auch fürchte ich den weißen Mann. – Wenn er nun auf einmal käme und das ganze Blendwerk zunichte machte. Ich weiß ja so nicht, um was du dich an ihn verkauft hast.«

»Sabine«, rief Stephan unwillig, »ich habe mich nicht verkauft – und der weiße Mann ist besser und stärker, als die Menschen sind. Ich habe mit ihm zwar nicht gesprochen; aber er hat mir geholfen. Ich darf dir's nur jetzt nicht sagen, doch kann ich dich vielleicht bald zu ihm führen, und dann wirst du es ihm abbitten, daß du deinem Wohltäter unrecht getan hast.« Bei den letzten Worten wischte er ihr sanft die Tränen aus den Augen.

»Ja, Stephan«, sagte sie mit lieblicher, kindlichheller Stimme, indem sie mit ihm aufstand und ihm die Hand reichte. »Ich glaube dir wieder! Verzeihst du mir?«

»Gute!« rief Stephan, und Freude leuchtete ihm aus den Augen. »Aber komm, wir wollen wieder still zurück, sonst kommen sie in Unruhe.«

Während sie durchs Haus gingen, tönte ihnen schon die Musik entgegen, und jetzt schien hier erst das rechte Leben aufgegangen. Alles aß und trank und plauderte und winkte sich zu nach dem Takte.

Als die Musikanten eine Pause machten, rief der Schuhflicker, nachdem er ein volles Glas in langen Zügen die Kehle hinuntergegossen hatte: »So bin ich einmal, liebe Brüder und Gevatterleute; denn seht, wenn wir schon alle im ganzen derselben Leibesgestalt sind, so bedient sich doch jeder seines Leibes nach eigener Weise, und jeder hat etwas an sich, auf das er besonders hält und wofür eigentlich der ganze übrige Leib da ist. So hat der Viertelsrichter seine Nase. Trägt er sie nicht überall voraus? Streckt er sie nicht überall hinein? Müssen nicht alle Augenblick die Finger nachsehen, ob sie noch in gehörigem Stand und Lage ist? Mit dieser Nase und ihren Bewegungen drückt er sein ganzes Gemüt aus und füttert sie das ganze Jahr mit Spaniol. Der Meisenbaron da hat sich dafür ganz seinem Backen- und Schnurrbart ergeben. Er rasiert ihn und kämmt ihn nach dem Richtscheit, und immer sorgt er, sein ganzes Gesicht so zu stellen, daß es zum Bart paßt. Warum würde er sonst wohl die Stirne so runzeln, die Augenbrauen herabziehen und, die Lippen an die Nase drücken?«

Der Meisenbaron schien des Gelächters nicht zu achten und strich schweigend seinen Bart.

»Ihr, Gevatter Sackzeichner und Winkelschulmeister«, fuhr Anton fort, »lebt eigentlich bloß für Euren Zopf. Wenn Ihr über die Straße geht, tretet Ihr ganz leise auf, damit der Zopf nicht erschüttert wird; der ganze Kopf muß sich bücken, um die Haarstange zu schonen, der Rücken muß sich höher heraufziehen, damit sie bequemer aufliege, und das Gesicht kehrt Ihr immer zur Erde, auf daß nur der Zopf besser ins Licht trete. Ja, ich behaupte, Eure Augen schauen nicht aus dem Kopf, sondern nach innen und durch den Kopf durch, was hinten der Zopf macht.«

Der Schulmeister fuhr mit seinem Haupt etwas ärgerlich auf; als aber dadurch der Zopf auf die Seite geworfen wurde, nahm er ihn sachte mit zwei Fingern und legte ihn auf den Kragen wieder zurecht.

Während alles lachte, beschloß Anton: »So geht's auch mir. Ich muß mich für meine Gurgel aufopfern. Entweder will sie getrunken haben oder gesungen, am liebsten, versteht sich – beides!« Hierauf stürzte er den Becher wieder und sang:

»Ich halte nicht dafür, daß der Soldat sei gut,
Der nicht ein Sänger ist und kann das re-so-lut.

Nu, kennt ihr's nicht?« fuhr er die Musikanten an; sie schüttelten den Kopf. »Aber das: Trink ich Wein, so verderb ich, trink ich Wasser, so sterb ich –?«

Sie schüttelten wieder; indem ging Prägel, der Schulmeister, vorbei, der, beleidigt, nach Hause gehen wollte. »He!« sagte Anton und hielt ihn bei der Hand fest, »Gevatter, Ihr nehmt's doch nicht schief, daß ich Euren Zopf anpries? Ihr habt ja recht« – indem er ihn auf die Bank zog – »ein Mann hält was auf sich. Geht's doch andern und rechten Leuten auch so. Ich habe freilich Kerls gekannt, die, wenn ihnen der Rock vom Leibe fallen wollte und die Stiefel so weit waren, daß beim zweiten Schritt sie immer stehenbleiben mußten, um sie nicht zu verlieren, unbeschwert in ihrem Eselstrab fortarbeiteten. So gab's einen Musikanten, der die Baßgeige riß und der einen so großen Hut trug, daß er ihm alle Minuten auf die Nase fiel – das störte ihn aber gar nicht, sondern er strich so ruhig unterm Dach blindlings fort, bis er in der Pause den Hut wieder schief aufstülpen konnte, und der ward's zuletzt auch so gewohnt, daß er immer gerade zu rechter Zeit, die letzten Striche vorm Schluß, herunterfiel, so daß ich's dem Hut schon anmerken konnte, wenn das Stück ausging. – Aber bei einem tüchtigen Mann ist's anders, und ich sage Euch, mein General hat einmal nur deswegen eine Schlacht verloren, weil ihm sein neuer Rock unbequem saß.«

Da lachte ihm wieder die Gesellschaft zu und Prägel mit, und alles rückte näher herauf, seine Spaße zu hören, ausgenommen die frommen Schuster, die einander, schon warm vom Wein, ihre Erweckungsgeschichte zum siebentenmal wieder erzählten.

»So recht, Leute!« jauchzte Anton und stieß mit allen an, indem die Spielleute einen Tusch machten. »Nur lustig, fix, vigilant! Ich bin heut wieder im Gleise – bin der alte –

Was einem ist geboren an,
Dasselbig er nicht lassen kann;
Denn es ist einmal wahr und g'wiß,
Es saß ein Frosch auf einem Kies:
So hüpft er lieber in den Bach;
Natur und G'wohnheit läßt nicht nach.

Gelt, Stephan! Ich hätt's aber auch wissen sollen. Je größer die Not, je näher Gott!

Wenn Pharao die Ziegel doppelt
Und selbst das Volk zur Arbeit stoppelt,
Gemeiniglich um selbe Zeit
Sagt man, daß Moses sei nicht weit!

Der Pharao, Kameraden, das ist der Viertelsrichter, und wer der Moses ist – ha, Stephan, das weißt du!«

So ward der Schuhflicker immer lustiger und ausgelassener, trank, sang und scherzte, bis es dunkelte. Schon zogen sich die Weiber in die Häuser zurück, und Frau Hanne schüttete ihnen noch Fleisch und Kuchen in die Schürze, aber die Männer zechten noch mit Anton. Man erzählte sich alte Jugendstreiche, neckte sich, schalt die Obrigkeit, und dem Schuhflicker fiel ein altes Lied nach dem andern ein; dazwischen schalmeiten die Spielleute, bis der Abend zur Nacht ergraute und die Talglichter im Luftzug tief herabbrannten.

Auf einmal, während die Zechgesellen gerade mitten in einem lauten Trinklied jubelten, rief einer von den erweckten Schustern unten am Tisch:»Polizei! Der Viertelsrichter kommt mit der Wache!«, und die frommen Brüder griffen schleunig nach ihren dreieckigen Hüten und machten sich davon.

»Kanonen und Patronen! Wer kommt!« schrie Anton und erhob sich wild, als der Viertelsrichter, der von der Kirchweihe erhitzt zurückgekommen und jetzt der Wache vorgeeilt war, schon dicht an ihm stand. »Du bist's, Brüderchen?« rief nun der Schuhflicker bitter, faßte ihn mit Gewalt in die Arme, küßte ihn heftig und drückte ihm die Zähne in die Backen. »Nicht wahr? War deines

Herzens Unmut Gold, kein Armer leer von dir gehen sollt. – Stultus und der grobe Stolz wachsen an dem gleichen Holz. Aber wenn Neid brennte wie das Feuer, war das Holz nicht halb so teuer.« Der Viertelsrichter sträubte sich wütend; aber Anton umfaßte ihn hoch fester und rief: »Gelt, Herzensfreundchen, ein kleiner Dieb an Galgen muß, von großen nimmt man Pfennigbuß!«

Jetzt ließ er ihn los.

»Verdammter Hexenmeister!« schrie der Richter. »Ist's nicht genug, daß du mir gestern ein Blendwerk vorgemacht hast, mußt du auch die ganze Gasse alarmieren? Wo hast du das Geld zu diesem Teufelsleben gestohlen? Und mich zu mißhandeln! Wir wollen sehen, was deine Teufelskunst dir hilft, wenn dir das Halseisen die Kehle schnürt. Wache her! Packt ihn! Es muß alles an Tag. So wahr ich hier stehe, du mußt noch an den Galgen!«

Anton schäumte vor Wut und ergriff ein Messer, die Kameraden wollten ihn zurückhalten und für ihn bitten. Stephan warf sich auf die Knie und flehte zum Vater und zum Richter.

»Greift den Dieb, den Schurken, den Höllenknecht, sag ich!« rief der Viertelsrichter den zögernden Gerichtsdienern zu.

»Nimm das vorher von einem alten Soldaten!« brüllte Anton und stieß ihm das Messer in den Leib. Der Viertelsrichter sank sterbend zu Boden. Da entstand in der dunklen Gasse ein verwirrtes Fliehen und Zusammenlaufen, ein Schreien und Wehklagen. Anton gab seine gelähmten Arme den bindenden Gerichtsdienern hin, er ward abgeführt und der blutige Leichnam des Richters fortgetragen.

»Ja, noch ehe die Sonne hinunter ist, armes Würmlein, muß dein gottloser Vater hängen«, sagte der alte Kerkermeister mit seiner gedämpften Stimme, während er in den dunkeln Gewölben dem zitternden Stephan die feuchten steinernen Treppen hinab mit seiner Laterne vorleuchtete. »Sein Glück, daß er alles gleich gestanden hat; er wäre sonst gefoltert worden. So darf er auch ohne Halseisen und Fesseln in seinem Loch auf und ab gehen. Nimm dich in acht, daß du hier nicht fällst; hier ist das Gitter in den Schlangenturm, du kämst nicht lebendig hinunter, es geht zweihundert Fuß tief. Komm her, weine nicht so, da zur Seite ist die Tür, du wirst ihn jetzt gleich sehen. – Hm, ich glaube, er singt gar – ei du Leichtsinn!« hub er wieder an, ein wenig stillstehend im Gange und lauschend, während aus der nahen Wand folgende Töne schallten:

> »Galgen, o Galgen, du hölzerner G'sell,
> Deine drei, drei Beine laufen schnell
> Mit mir in den Wind –«

Es ward schauerlich still. Der Alte schüttelte murmelnd den Kopf, trat vor die gewaltige eiserne Türe, setzte seine rasselnden Schlüssel ein, drückte und hob und öffnete mit Krachen die Türe – dann zog er den Knaben hinein, hob die Laterne in die Höhe, und in das finstere Gefängnis hineinleuchtend, sagte er: »Geh vor zu ihm – mach's aber kurz; denn es hilft doch nichts – ich will hier unter der Türe warten.«

Er stellte seine Laterne auf die Stufe, und Stephan wankte hinab. – Nach einigen Schritten begann es vor seinen Augen etwas heller aufzudämmern in diesen dunkeln Mauern. Unter einem matten Schein, der aus einer hohen Deckenöffnung fiel, sah er seinen Vater sitzen, auf einem niedrigen Stein, beide Fäuste auf die Knie gestemmt, mit vorhängendem Kopf. Lange sah er den Sohn mit stieren Augen an; endlich fragte er heftig zitternd und kaum hörbar: »Was willst du?«

»Dich befreien«, flüsterte Stephan weinend an seinem Halse und fuhr mit ängstlicher Hast fort: »Derselbe, von dem ich dir das Geld gebracht, hat mir diese Handschuhe gegeben. Zieh diesen an deine linke Hand; ich ziehe dann den linken an meine Rechte, so bekommst du meine Gestalt, ich dein Aussehen. Dann geh du mit dem Schließer hinaus, und wenn du in Sicherheit bist, zieh den Handschuh wieder ab; so kriegen wir beide wieder unser rechtes Aussehen. Du bist gerettet, und mir werden sie nichts tun.«

»Was sagst du?« fragte der Vater nach einer Pause, immer wie im Traum vor sich hin stierend. Stephan wiederholte seine Bitte, sagte bebend das nämliche zum dritten- und viertenmal, aber der Vater schüttelte finster den Kopf, langsam und stöhnend sagte er: »Geh, laß mich allein!«

Als aber der Jammer und die Angst dem Sohn immer beweglichere Worte eingaben, nahm er ihn in die Arme mit Schluchzen: »Ich denke, mein Stündlein hat geschlagen, und nun soll wieder an mir Sünder ein Wunder geschehen? – In Freiheit soll ich? Frei hätt ich sterben mögen und lieber den bittersten Tod, aber – nein! Laß mich – bleib noch bei mir ein Weilchen – dann geh. – Ich habe mich schon ganz ergeben.« Nun saß er ruhig, und der Sohn lag in seinem Schoß. Sie schwiegen einige Augenblicke.

»Grüß die Mutter«, sagte Anton in tiefen Gedanken, »und Hannchen und die Fieke – und verzeiht mir, wenn ihr könnt.«

Unterdessen hatte Stephan heimlich über des Vaters linke Hand den einen Handschuh gezogen und den andern gewechselt.

»Geh, mein Sohn«, rief er jetzt laut mit des Vaters Stimme, »leb wohl!«

Anton schauerte zusammen, sprang zurück vor seinem eigenen Bilde, stand einen Augenblick, jetzt rannte er nach der Tür zu.

»Nu, nu, Kind«, rief der Kerkermeister, ihm entgegengehend, »sachte, du fällst ja«, dann faßte er den falschen Stephan fest bei der Hand, leuchtete in die Höhe mit der Laterne und spähte darunter nach dem Gefangenen hin. Als er sich versichert hatte, daß er unbewegt auf seinem Steine sitze, nahm er den Knaben hinaus, und schreiend und krachend fiel die schwere Gefängnistüre zu.

Zitternd saß nun Stephan allein in dem nächtlichen Kerker. Zuerst dachte er nur mit Bangigkeit und schwankender Hoffnung an den Vater und ob er sich jetzt wohl retten werde. Dann fiel ihm aber auch seine eigene schlimme Lage ein. Was werd ich den Gerichten sagen, wenn sie mich statt meines Vaters finden? fragte er sich erschreckend. Ich muß immer darauf bleiben, daß ich selbst nichts wisse und nicht begreife, wie ich hierhergekommen. Man hält so meinen Vater für einen Hexenmeister, das wird mir zustatten kommen. Während er hierüber sich besann, fühlte er einen schweren Stich in seinem Gewissen. »Gott! Gott!« rief er aus, »wie einfach ist mein Leben gewesen, ich habe nie mit Wissen gelogen; jetzt komm ich so auf einmal in Täuschung und Trug hinein und liege hier wie in einem wilden, finstern Traum. – Versündige ich mich denn nicht? Wie, wenn der weiße Mann und sein Zwerg doch böse

Wesen wären und hätten mich nun in ein Netz des Verderbens hineingelockt? Nein, nein, das will ich nicht glauben, das kann nicht sein! Hat mir denn nicht der Zwerg selbst von den Handschuhen abgeraten und nur nachgegeben, als er meine große Angst sah und wie ich nichts wissen wollte, als dem Vater zu helfen? – Und gottlob, ihm ist geholfen. Muß ich auch sterben, so hab ich doch meinen Vater gerettet, und ich büße meine Sünden!«

Aber es ward ihm immer trüber und bänger, und er konnte kaum mehr recht denken. Himmel! sprach er mit Entsetzen zu sich, wenn nun der Vater vergäße, den Handschuh abzuziehen, und ich behielte sein Aussehen, und sie kämen, mich zu holen – und führten mich zum Hochgericht – und ich müßte den schrecklichen Tod leiden! Das verdürbe mich und Vater und Mutter und alle.

Er hatte hastig den Handschuh abgezogen, aber er fühlte an sich den Bart und die Gestalt seines Vaters. Er verfiel auf einige Zeit in Betäubung.

»Es ist aber auch noch zu früh«, begann er, als er wieder zu sich kam, allein er konnte sich nicht enthalten, alle Augenblicke sich anzufühlen, und immer höher stieg seine Beklommenheit und sein Entsetzen, als er sich immer wieder unverändert fand. Oh, es ist nur zu gewiß, rief er in sich, ich muß sterben. Jetzt fühl ich es, daß es gefährlich ist, sich mit dem geheimen Zauberwesen einzulassen, schrecklich muß ich es erfahren, schrecklich meine Unbesonnenheit büßen!

Er fing an, laut zu weinen, und erschrak, als er seine eigenen Jammertöne hörte in der stillen Gefängnisnacht. Dann wurde er etwas ruhiger. Seine Gedanken irrten matt durch die vergangenen Tage. Er konnte nicht weiter und sank in Ohnmacht. Da er zitternd wiedererwachte, griff er zu wiederholten Malen sich an und hatte noch die Leibesgestalt seines Vaters. Er sank auf die Knie und faltete die Hände. Auf einmal hörte er Tritte.

»Sie kommen, sie kommen«, rief er, »und holen mich armes Kind zum Tod!«

Die schwere Türe flog auf, das Laternenlicht blitzte herein, er fiel zurück, und ein alter Geistlicher stieg herab, der den Verbrecher zum Tod vorbereiten sollte.

Pipi, der Zwerg, saß in seinem Vogelwald auf einem Thron von vielen Vogelnestern, eine große Pfaufeder als Zepter in der Hand, um die Schultern einen Mantel von bunten Federn. Eine Menge Gevögel flatterte um ihn, schlüpfte aus den Büschen, schwebte von den Zweigen. Viele ließen Klagetöne hören, einige sangen munterer. An dem einen Ende des Wäldchens waren die Zweige zurückgebogen und ein großes Fenster geöffnet, das Sonnenlicht fiel herein; man sah ferne Berge und den weiten Himmel. Eben flatterten einige Vögel hinaus, und andere zogen schon ferne in langen Zeilen dahin im tiefen Blau. »Nun, und ich, und ich? Wie? Was? Wie?« zwitscherten einige Sperlinge und hüpften vor den König Zwerg. »Ihr seid ungelehrige Gesellen«, sprach dieser zu ihnen, »und taugt nicht viel. Aber fliegt gen Osten, bis ihr an einen Hof kommt mit roten Dächern und kleinen Türmlein. Dort lebt ein hochbejahrter Landjunker, der kann nicht viel mehr denken und hat wenig Unterhaltung. Flattert und springt vor ihm herum, verkürzt ihm die Zeit und erheitert ihn durch euer Gezwitscher. – Aber stehlt nicht zuviel Kirschen und setzt euch nicht groberweise in die Schwalbennester, wie ihr sonst wohl tut.«

Er gab ein Zeichen mit seinem Stab, und die Spatzen wälschten durcheinander:

> »Herr Pipi, Gott b'hüt –
> 's wird regnen, schütt, schütt –
> Komm mit, komm mit!«

Und husch! flogen sie durchs Fenster.

Jetzt setzten sich ein Paar Tauben an Pipis Hals und drehten ihr Köpfchen und sahen ihn fragend an. »Sechzehn Meilen von hier, gegen Süden«, sagte er, »ist ein Schloß in einer Stadt, das werdet ihr an seinen blauen Fahnen erkennen. Dort wohnt ein Jüngling, und er liebt ein Fräulein, das in einer Burg lebt auf einem grünen Hügel, sieben Stunden von selbiger Stadt. Vor falschen Verwandten müssen sie ihre Liebe verheimlichen, aber ihr sollt hin und her fliegen und ihnen Botendienste tun, wie ich's euch gelehrt.« Er küßte beide, und sie schwebten beide mit ihren schneeweißen Fittichen dahin.

Eine Reihe Störche marschierte in Ordnung auf und präsentierte mit den langen Schnäbeln vor dem König; dann stellten sie sich auf ein Bein und horchten.

»Ihr kennt das enge Wiesental«, redete er sie an, »in dem großen Dorf, das dahinter liegt, zanken und hadern die Bauern unaufhörlich; lagert euch auf dem Kirchdach und bringt Fried ins Dorf.«

Die Störche nickten mit den Köpfen, erhoben sich gravitätisch, schlugen breit aus mit den langen Flügeln. Ihnen folgte ein Zug Schwalben, die sangen:

> »Wir kommen aus der Lehr her in Gesellschaft,
> Frau, was macht die Wirtschaft.«

»Das Beste ist schon fort«, sagte der Zwerg, als einige Raben und Krähen vor ihm auf und ab spazierten und sich ungefähr so hören ließen:

> »Rab, Rab, hackt das Grab –
> Kräh, Kräh, den Schnee!«

»Still!« rief der Zwerg. »Ein Stündlein von dem Weinberg, wo ich euch gefangen, in einem schönen Garten gegen Mittag liegt ein Kloster. Dort sitzt ein Abt, der viel Böses verübt; alle Freitagnacht fliegt an das Fenster seines Schlafzimmers über seinem Bett, schlagt mit den Flügeln an die Scheiben und laßt euer Krächzen dazu hören, auf daß sein Gewissen erwache.«

»Grab! Grab! Weh! Weh!« schrien die Vögel und schwirrten durchs Fenster.

»Aber dich, mein Liebling, hab ich für zuletzt aufgespart«, sagte Pipi zu einer Nachtigall, die aus dem Gebüsch kam und sich auf seine Hand setzte. »In der tiefen, dunkeln Schwertfegergasse ist hinter einem Haus ein kleines Gärtlein mit einem dichten, schattigten Haselbusch. Dort bau dir ein Nest, und in stillen Nächten erhebe deinen süßen, wehmütigen Gesang; denn dort ist ein Mädchen, das wird deines Trostes bedürfen.«

Die Nachtigall schwellte ihre zarten Töne immer höher und voller an und ließ sie herabfallen in weichen Trillern. Der Zwerg sah sie

traurig an und sprach zu ihrem Gesang also:
»Wenn du hebest deine Laute,
Deine reinen, friedereichen,
Weiß ich, Nachtigall, du Traute,
Gar nichts andrem zu vergleichen
Dieses Steigen, dieses Fließen
Von den Tönen
Als dem süßen
Liebessehnen.

Wenn du senkest deine Klagen,
Deine bangen, schmerzensreichen,
Nachtigall, so muß ich sagen:
Einzig ist es zu vergleichen,
Dieses Träufeln und Zerfließen

Von den Tönen,
Bittersüßen
Liebestränen.«

Jetzt schwebte auch die Nachtigall zum Fenster hinaus. – Der Zwerg sah ihr nach. Sein Federmantel, sein bunter Zepter entfiel ihm, und die Nester seines Throns zerstoben, der ganze Wald verwehte. Er stand in seiner gewöhnlichen Kleidung vor einem großen Spiegel und sah aufmerksam hinein. Plötzlich drückte sein Gesicht großen Schrecken aus, er rannte hin und her, bald war er im Kabinett, bald im Lampensaal, und um ihn verwandelte sich die Mauer. »Geholfen muß werden«, rief er endlich, »hilf, Albano! Hilf, Herr!« und stürmte einen Kasten. Wie eine Katze kletterte er an ihm hinauf und riß an den Flügeltüren. Sie sprangen auf, Nebel umgab ihn, er zerrte einen großen Sack heraus; daraus fielen Pergamentblätter, Instrumente, Kleider. – Er griff hastig nach einer weißen Mütze und noch einigem. Jetzt setzte er mit einem frohen Blick die Mütze auf, er war unsichtbar, und ein großer goldener Schlüssel schwebte durch die Gemächer zur Türe des langen Saals hinaus.

Seit einigen Jahren hatte sich manches in der Schwertfegergasse verändert. Die meisten Leute darin waren jetzt viel besser gekleidet, und ihre Gesichter zeigten nicht mehr die sonstige Armut. Besonders hatte auch der Messerschmied Siegfried, der schon durch seine schöne Tochter Sabine berühmt war, ein hübsches, kleines Haus gebaut, dessen Regelmäßigkeit sehr gegen die Gasse abstach. In dem Warengewölbe dieses Hauses stand er eines Abends mit einem reichen, jungen Kaufmann.

»Seid versichert«, sagte er zu dem jungen Mann, »daß es mir selbst am meisten leid ist; und meine Frau glaubt noch immer, es müsse sein. So hat das Mädchen bald ein Dutzend meist gar annehmliche Anträge ausgeschlagen und beraubt uns der Hoffnung, sie glücklich versorgt zu sehen und Enkel zu erleben, ohne daß dem etwas anderes als sie selbst entgegensteht. Aber Euch darf ich's wohl sagen, Ihr seid ein gesetzter, verständiger Mann; an dem allen ist nur der Sohn des braunen Antons schuld, der ihr im Sinn liegt.«

»Des braunen Antons?« fragte der junge Mann.

»Ist's möglich«, erwiderte der Messerschmied, »daß Ihr von dem nichts wüßtet? Ist doch alle Welt voll von seiner Geschichte, und um seinetwillen ist auch unsere Gasse, die doch jetzt schön emporkommt, immer noch so verrufen.«

»Ist das vielleicht«, besann sich der Kaufmann, »der Schuhflicker, der vor mehreren Jahren im nächsten Dorf verbrannte?«

»Derselbe«, antwortete Siegfried. »Er war arm und leichtsinnig und dem Untergang nahe. Auf einmal werden mehrere Arme in unserem Viertel beschenkt; man weiß nicht woher. Einige wollen den Sohn des Schuhflickers dabei gesehen haben. – Anton selbst erzählt, er habe einen reichen Vetter beerbt, verteilt Geld in der ganzen Gasse, gibt einen allgemeinen Schmaus. An selbem Tage ersticht er den Viertelsrichter, er wird eingesetzt; des andern Abends ist er aus seinem festen Gefängnis entschwunden. Indessen war im benachbarten Dorf, wo ein großes Kirchweihfest war gefeiert worden, eine schreckliche Feuersbrunst ausgekommen. Unterm Löschen erkennen Leute von hier den braunen Anton. Er war bald da, bald dort, half ausräumen, abbrechen, spritzen, rettete Menschen und Vieh und drang überall in die gefährlichsten Stellen ein, wo das Feuer am wütendsten brauste. Nachdem der ungeheure Brand gelöscht ist, findet man seine halbverbrannte Leiche in den Trümmern eines eingestürzten Hauses. Doch erkannte man ihn noch deutlich; aber die Dörfler wirkten es vom König aus, daß er, obgleich ein schon zum Tod verurteilter Verbrecher, auf ihrem Kirchhof ein ehrliches Begräbnis erhielt, weil er in der Rettung vieler sein Leben aufgeopfert hatte. Die Frau und Töchter des Schuhflickers wurden zur Untersuchung gezogen; man brachte aber von ihnen über das Entkommen des Mannes ebensowenig heraus als von dem alten, vertrauten Gefängniswärter, der nichts gestand, als daß er den Sohn zum Delinquenten eingelassen, ihn aber wieder herausgeführt habe, während der Vater, wie er beschwur, im Kerker blieb.

Ebender Sohn aber, namens Stephan, einige Jahre älter als meine Sabine – und die Kinder waren immer zusammen –, verschwand am gleichen Tage mit dem Vater und ist seitdem nicht gesehen worden. Zwar behaupten einige Bauern, daß sie ihn, noch während jener Feuersbrunst, mit einem kleinen nebligen Männlein am Berg hinlaufen gesehen; andere wollen wissen, er habe sich mit dem Vater dem Teufel ergeben und der sei mit beiden nachts übers Dorf weggeflogen. Eine Bäuerin, der ein Rind von der Waldweide sich verlaufen und die beim Suchen im großen Buchenwald sich verirrt hat, erzählt auch, sie habe diesen Stephan von einer Stätte aus, wo sie sonst nie gewesen und die sie nicht mehr finden könne, auf einem Felsen stehen und neben einem großen weißen Mann in einer langen Papierrolle lesen sehen; aber das sind abergläubische Gerüchte. Genug, die Mutter, die mit den Töchtern in jenem Dorfe lebt, weiß selbst nichts von ihrem Sohn. Aber diese manchmal zu besuchen ist die einzige Freude meiner Sabine. Des Tags arbeitet das Mädchen fleißig, spricht aber gewöhnlich kein Wort; und diesen Sommer sitzt sie oft halbe Nächte im Garten und hört einer Nachtigall zu, und dann phantasiert sie von dem Stephan und spricht seltsamerweise auch von einem weißen Mann. Redet aber jemand davon, daß Anton und sein Sohn sich dem Bösen möchten verschrieben haben, so weint sie bitterlich und wirft den Leuten Undankbarkeit vor in gar beweglichen Worten, da ja die ganze Straße jenen ihr Glück verdanke. Darin hat sie recht, und ich weiß oft selbst nicht, was ich denken soll.«

Der Kaufmann, der mit bedenklichem, halb ungläubigem Kopfschütteln zugehört hatte, nahm jetzt von Siegfried traurig Abschied. Während dieser, ihm nachblickend, gedankenvoll aus der Ladentür ging, kam die Gasse herab ein schlanker Jüngling, einfach, aber edel gekleidet. In glänzenden blonden Ringeln lag sein Haar um die hohe Stirne und auf dem schwarzen Kleide, das er trug; sein helles, feuriges Auge war auf den Messerschmied und dessen Haus gerichtet. Jetzt trat aus diesem eine liebliche Jungfrau, welcher ihre bleichen Wangen und das Schwermütige ihrer Züge, dessen Eindruck die dunkeln Augenbrauen und die schwarzen Locken erhöhten, etwas Rührendes und Scheueinflößendes gaben. Als der Jüngling sie erblickte, stand er betroffen und errötend still, dann ging er rascher auf sie zu. – Sie schlug ihr schwarzes, dunkelklares Auge auf. Wie Träumende standen sich die beiden gegenüber – das Mädchen bebte und wankte – »Sabine!« rief er. »Stephan!« flüsterte sie zagend, und sie lagen sich in den Armen, und der Goldglanz der Abendsonne verklärte ihre Häupter, die aneinander ruhten.

Wieder einmal erklangen die Domglocken und schwangen ihre lauten Töne durch die Luft an einem sonnigen Vormittag. Aus allen Straßen lief das Volk auf den Domplatz zusammen und schien etwas Festliches zu erwarten. Da hörte man vielerlei Stimmen.

»Ist es denn wirklich der Stephan, des braunen Antons Sohn, von dem man gesagt, er habe sich dem Gottseibeiuns verschrieben?« fragte ein Mann.

»Ja, der Stephan ist's, und jetzt ist er ein großer Herr«, antwortete ihm mit wichtiger Miene und gellender Stimme die Eibischmargaret, »das waren aber dumme Leute, die so was gesagt haben. Das hab ich immer gesagt, und er ist ein alter, guter Freund von mir und ist ein bildschöner Herr geworden; heute morgen erst hat er mit mir gesprochen. ›Margret‹, hat er gesagt –«

»Sollt es Grund haben«, unterbrach sie der Mann, »daß er mit dem König gesprochen hat?«

»Freilich hat er das«, rief ein Dritter dazwischen, »ganze sechsthalb Stunden, das weiß alle Welt, aber was er mit dem König gered't hat, das weiß kein Mensch; denn es war sonst keine Seele dabei.«

»Etwas weiß man wohl«, fiel ein Nahestehender ein, »daß ihm nämlich der König den Adel angetragen hat; er hat's aber ausgeschlagen.«

»So viel ist öffentlich und gewiß«, nahm wieder die Eibischmargaret das Wort, »daß er zum Direktor gemacht ist über alle Armenhäuser, Hospitäler, Waisenhäuser und Wohltätigkeitsanstalten im ganzen Lande.«

»Und was hat er für einen Titel?« fragte ein Lohnbedienter. – »Ja, man hat ihn wollen«, antwortete ein Student, »zum Ptochotrophiarchen ernennen! Er hat sich aber nur ausgebeten, der Armenanwalt zu heißen.«

»Ja, so heißt er«, sagte ein anderer, »darum speist er auch heute, an seiner Hochzeit, dreihundert Arme und verteilt Geld und Kleider und Hausgerät.«

»Daß dich, daß dich«, hustete der Kässtecher Luchs, »der Stephan, den ich so gut gekannt habe, der bettelhafte Bube! Wo der nun inzwischen sein Glück gemacht hat?«

»Darüber«, meinte einer, »gehen viele Gerüchte. Er soll einen Schatz gehoben haben.«

»Ja«, sagte eine Bilderhändlerin, »einige sagen, ein weißer Zwerg, andere, ein weißer Riese habe ihm Goldhaufen gebracht.«

»He, Leute, wer stößt an meinen Zopf?« schrie der Schulmeister Prägel. »Ist das nicht ein mörderliches Gedränge! Aber ich muß ihn sehen; denn bei mir hat er 's Lesen gelernt.« – »Warum kopuliert Ihr ihn nicht auch?« fragte eine kniffige Stimme.

»Nä«, antwortete Prägel ernsthaft, »das tut ja der Professor und Frühprediger Amandus, den ich auch als armen Studiosum gekannt habe, da er noch in meiner Gasse wohnte.«

»Sie kommen! Sie kommen!« rief jetzt alles, und unter feierlicher Musik nahte der schön geschmückte Zug.

»Ach, du mein Himmel«, rief eine Öbstlerin und stellte ihren Korb hin, »das ist ein Paar! Recht wie Adam und Eva im Paradies!«

»Seht«, zeigte ihr Margaret, »das ist seine Mutter, der Kummer hat das gute Weib blaß gefärbt, aber heute sieht sie doch gut aus. Das sind seine Schwestern. Nun, die Fieke ist auch ein schmuckes Mädchen! – Was der Meister Siegfried für ein ernsthaftes Gesicht macht! Das Vergnügen scheint aber dennoch durch. Und die

Brautmutter, die steigt ja wie eine Prinzeß unter ihrer großen Spitzhaube einher.«

Jetzt strömte alles zur Kirche. Die zwei schönen Gestalten standen mit gesenkten Häuptern und hochroten Wangen vor dem Altar. Der ehemalige Student hielt eine rührende Rede, dann weihte und segnete er den Liebesbund.

Als der Zug wieder aus der Kirche ging, rief das Volk mit lautem Jubel:»Heil dem Armenanwalt! Es lebe der Armenanwalt und seine schöne Braut!«

Ein großes Fest ward gefeiert. –

Lang lebte der Ruf des Armenanwalts im Munde aller im ganzen Land. Tausend Dürftige und Leidende priesen und segneten ihn und seine gleichgesinnte, gute Hausfrau. Als er in hohem Alter verschied, sank das ganze Land in Trauer; Arme trugen ihn hinaus, und unzählige weinten heiße Tränen auf sein Grab. Noch jetzt wird alljährlich im Hause des längst verstorbenen Armenanwalts Stephan an seinem Geburts-, Hochzeits- und Todestage Brot und Wein den Armen von seinen Enkeln ausgeteilt.

Über tredition

Eigenes Buch veröffentlichen

tredition wurde 2006 in Hamburg gegründet und hat seither mehrere tausend Buchtitel veröffentlicht. Autoren veröffentlichen in wenigen leichten Schritten gedruckte Bücher, e-Books und audio-Books. tredition hat das Ziel, die beste und fairste Veröffentlichungsmöglichkeit für Autoren zu bieten.

tredition wurde mit der Erkenntnis gegründet, dass nur etwa jedes 200. bei Verlagen eingereichte Manuskript veröffentlicht wird. Dabei hat jedes Buch seinen Markt, also seine Leser. tredition sorgt dafür, dass für jedes Buch die Leserschaft auch erreicht wird.

Im einzigartigen Literatur-Netzwerk von tredition bieten zahlreiche Literatur-Partner (das sind Lektoren, Übersetzer, Hörbuchsprecher und Illustratoren) ihre Dienstleistung an, um Manuskripte zu verbessern oder die Vielfalt zu erhöhen. Autoren vereinbaren direkt mit den Literatur-Partnern die Konditionen ihrer Zusammenarbeit und partizipieren gemeinsam am Erfolg des Buches.

Das gesamte Verlagsprogramm von tredition ist bei allen stationären Buchhandlungen und Online-Buchhändlern wie z. B. Amazon erhältlich. e-Books stehen bei den führenden Online-Portalen (z. B. iBookstore von Apple oder Kindle von Amazon) zum Verkauf.

Einfach leicht ein Buch veröffentlichen: **www.tredition.de**

Eigene Buchreihe oder eigenen Verlag gründen

Seit 2009 bietet tredition sein Verlagskonzept auch als sogenanntes "White-Label" an. Das bedeutet, dass andere Unternehmen, Institutionen und Personen risikofrei und unkompliziert selbst zum Herausgeber von Büchern und Buchreihen unter eigener Marke werden können. tredition übernimmt dabei das komplette Herstellungs- und Distributionsrisiko.

Zahlreiche Zeitschriften-, Zeitungs- und Buchverlage, Universitäten, Forschungseinrichtungen u.v.m. nutzen diese Dienstleistung von tredition, um unter eigener Marke ohne Risiko Bücher zu verlegen.

Alle Informationen im Internet: **www.tredition.de/fuer-verlage**

tredition wurde mit mehreren Innovationspreisen ausgezeichnet, u. a. mit dem Webfuture Award und dem Innovationspreis der Buch Digitale.

tredition ist Mitglied im Börsenverein des Deutschen Buchhandels.

Dieses Werk elektronisch lesen

Dieses Werk ist Teil der Gutenberg-DE Edition DVD. Diese enthält das komplette Archiv des Projekt Gutenberg-DE. Die DVD ist im Internet erhältlich auf **http://gutenbergshop.abc.de**

Zeitfracht Medien GmbH
Ferdinand-Jühlke-Straße 7
99095 Erfurt, Deutschland
produktsicherheit@kolibri360.de